CAFE
这里的冬天短暂阴冷，夏天则明晃晃的，热得要命。

空气中，盛放的花朵和甜美春草的香味，与近处沼泽地暖烘烘、酸涩涩的气味融混在一起。

或许，没有这些烈酒就不会有一家咖啡馆。

在冬季下午最后一抹暗淡的光线下，
他看上去就像沼泽地里的一头小怪兽。

然而就在阿梅莉亚小姐卡住马尔文·梅西脖子的那一瞬间，
驼子向前一跃，像是长了一双鹰翅一样从空中飞过。

伤心咖啡馆之歌

小镇本来就很沉闷，除了棉纺厂、工人住的两居室房屋、几棵桃树、一座带双色玻璃窗的教堂和一条只有一百码长的凄凉的大街外，就再没别的了。礼拜六，附近的农民会来这里做买卖、聊天，待上一整天。除了那一天，整个小镇寂寞荒凉，像一个偏僻遥远且与世隔绝的地方。最近的火车站在社会市，“灰狗”和“白巴”大巴车经过的分岔瀑公路离这儿有三英里。这里的冬天短暂阴冷，夏天则明晃晃的，热得要命。

如果你在八月的一个下午去大街上溜达，会觉得没啥好干的。镇中心最大的一座建筑物的门窗全被木板钉死了，它向一侧严重倾斜，看上去随时都可能倒塌。这幢房子很陈旧，看上去有点奇怪，像是开裂了，很让人纳闷。后来你才恍然大悟，原来很久以前房子前廊的右侧和墙的一部分被漆过，不过没有漆完，所以房子的一部分比另一部分显得更暗、更脏一些。这幢房子看上去像是被人彻底遗弃了。尽管这样，二楼的一扇窗户并没有钉死，有时候，在傍晚最炎热的时分，一只手会慢悠悠地打开百叶窗，窗口会出现一张朝下方小镇张望的脸。这是一张模糊不清，只有在噩梦里才会见到的脸——惨白、分辨不出性别，两只灰色的斗鸡眼向内侧严重倾斜，像是在彼此交换一个隐秘绵长的悲伤眼神。那张脸会在窗口流连上一个小时，随后百叶窗再次关上，这之后大街上很可能就再也见不到一个人影了。八月的这些下午，下班后你绝对找不到可以做的事情，还不如去分岔瀑公路，听一群被铁链锁在一起的犯人唱歌。

然而，这个小镇上曾经有过一家咖啡馆。这幢被木板钉死的房屋曾是方圆十几里独一无二的去处。铺着桌布摆放着餐巾纸的桌子，电扇前舞动的彩色纸带，周六晚上欢快的人群。阿梅莉亚·埃文斯小姐是这里的主人。不过让这个地方兴旺发达起来的是一个叫利蒙表哥的驼子。还有一个人与这家咖啡馆的故事有一点关系——他是阿梅莉亚小姐的前夫，一个在监狱里蹲了很久的可怕的家伙，出狱后他回到小镇，把这里变成一片废墟后又走了。咖啡馆歇业已久，但它还留在人们的记忆里。

这里原先并不是咖啡馆。阿梅莉亚小姐从她父亲手里继承了这幢房子，它是一个出售饲料、鸟粪肥料以及玉米面和鼻烟之类商品的小店。阿梅莉亚小姐很有钱，除了这家店，她在三英里外的沼泽地里还开着一家酿酒厂，生产全县最优质的烈酒。她是个高个子的女人，肤色深暗，骨头肌肉长得像男人一样。她的头发剪得短短的，从上往后梳，晒黑了的脸上有种紧张憔悴的特质。即便这样她仍算得上是个漂亮的女人，要不是她稍稍有点对眼的话。还是会有人追求她，但阿梅莉亚小姐性格孤僻，一点也不在乎异性的爱。她的婚姻与在这个县签署的所有婚约都不一样——那是一段奇特而险象环生的婚姻，只持续了十天，让小镇上所有的人大吃一惊。除了这场诡异的婚姻，阿梅莉亚小姐一直独自生活。她经常在沼泽地的棚子里过夜，穿着工装裤和长筒胶鞋，默默守护着蒸馏炉微弱的火苗。

凡是涉及手工的事阿梅莉亚小姐干得都很成功。她在附近的小镇出售猪小肠和香肠。晴朗的秋日里，她榨高粱杆做糖浆，桶里的糖浆是暗金色的，美味诱人。她只花两个礼拜就用砖块在店铺后面砌了一座厕所，木工活她也很娴熟。只有在和人打交道的时候阿梅莉亚小姐才会感到不自在。因为她没法把人一把抓过来，一夜之间变成某个更值钱的或盈利的东西，除了那些对什么都无所谓的或重病在身的。所以对阿梅莉亚小姐来说，他人唯一的用途就是从他们身上赚钱，在这方面她做得颇为成功。别人抵押给她的庄稼地和房产、一家锯木厂、银行里的存款——她是方圆几十里最有钱的女人。要不是她的一大弱点，也就是对诉讼和对簿公堂的热情，她会富得像一名议员。为了一件小事她会与别人打一场漫长而激烈的官司。有传闻说阿梅莉亚小姐哪怕是被路上的石头绊了一下，她也会下意识地四下瞧瞧，像是要找个什么理由打场官司。除了这些诉讼官司，她日子过得很平静，每一天都和前一天差不多。除了那场为期十天的婚姻，一切都没有变化，直到阿梅莉亚小姐三十岁的那一年春天。

那是四月里一个宁静的夜晚，快到午夜了。天空的颜色是沼泽地里鸢尾花的那种深蓝，月光清澈明亮。春季作物长势很好，过去几周里棉纺厂一直在加夜班。小溪旁四四方方的砖砌的工厂里亮着黄色的灯光，织布机微弱的嗡嗡声无休无止。在这样的夜晚，听着远处黑色田野里那个走在求爱路上的黑人的悠长情歌，你就会感到心旷神怡。即便是安静地坐着，拨弄几下吉他，或者就那么坐着，什么都不想，心情也会愉快起来。那天晚上街上空无一人，但阿梅莉亚小姐的店里亮着灯，屋外前廊上有五个人。其中的一个是胖墩麦克费尔，他是个工头，红脸膛，小巧的双手带点紫色。坐在最上面台阶上的是两个身穿工装裤的男孩，双胞胎雷尼——两人都是瘦高个儿，动作迟缓，头发发白，绿眼睛迷迷糊糊的。另一个是亨利·梅西，一个举止文雅、胆怯害羞、有点神经质的男人，他坐在最下面一级台阶上。阿梅莉亚小姐本人靠着打开的门站着，穿着沼泽地里常穿的长筒胶鞋，双脚交叠在一起，她正耐心地解着随手捡来的一根绳子。他们很久都没有开口说话了。

双胞胎中的一个最先开口，他一直看着空荡荡的大路。“我看见有什么走过来了。”他说。

“一头走散的牛犊子。”他哥哥说。

走过来的身影还离得太远，看不清楚。月光把一排开着花的桃树朦胧扭曲的影子投在路边。空气中，盛放的花朵和甜美春草的香味，与近处沼泽地暖烘烘、酸涩涩的气味融混在一起。

“不对。是谁家的孩子。”胖墩麦克费尔说。

阿梅莉亚小姐默不作声地看着大路。她已经放下了手里的绳子，用她棕色的骨节突出的手拨弄着工装裤的背带，皱起了眉头，一缕深色的头发落到了她的前额。就在他们等待的时候，路边几户住家那里传来一条狗疯狂嘶哑的狂吠声，有人大声呵斥后它才停了下来。直到人影离得很近了，已经进入前廊黄色灯光的范围之内，他们才看清楚走过来的是什么。

来者是个陌生人，陌生人在这个时辰走进小镇极不寻常。除此之外，这个人还是个驼子。他最多也就四英尺高，穿一件只到膝盖那里的脏兮兮的旧外套，短小的罗圈腿瘦得几乎支撑不住他巨大的、向里窝的胸脯和肩膀上的驼峰。他长着个大脑袋，上面有一双深陷的蓝眼睛和一张薄薄的小嘴，那张脸同时给人粗鲁和柔和的感觉。此刻，他苍白的脸被尘土染黄了，眼睛下方有一块淡紫色的阴影。他拎着一只用绳子捆着的有点变形的旧手提箱。

“晚上好。”驼子说，他有点上气不接下气。

阿梅莉亚小姐和前廊上坐着的男人们没有回应，也没有开口说话。他们只是看着他。

“我在找阿梅莉亚·埃文斯小姐。”

阿梅莉亚小姐把额头前的头发往脑后撩了撩，抬起下巴：“为啥？”

“她是我的亲戚。”驼子说。

双胞胎和胖墩麦克费尔抬头看着阿梅莉亚小姐。

“我就是，”她说，“你说的‘亲戚’指的是什么？”

“因为——”驼子说开了。他看上去有点心神不安，几乎像是要哭出来了。他把手提箱放在最下面的一级台阶上，手却没有离开箱把手。“我母亲叫范妮·杰瑟普，她老家是奇霍的，三十年前她第一次出嫁时离开了那里。我记得她说过她有一个叫玛莎的同父异母的妹妹。今天在奇霍他们告诉我说她就是你母亲。”

阿梅莉亚小姐听着，头微微侧向一边。她独自享用主日晚餐，从来没有过一大帮亲戚进出她家，也不承认与谁沾亲带故。她有一个在奇霍开马车行的姑姥姥，可是那个姑姥姥已经去世。除了那个姑姥姥，她只有一个住在二十英里外小镇上的双重表亲，不过此人和阿梅莉亚小姐合不来，如果两人碰巧在路上相遇，他们会朝路边各自啐一口唾沫。时不时地，会有人费尽心机地想和阿梅莉亚小姐攀上一门八竿子打不着的亲戚，不过从没有人成功过。

驼子喋喋不休地说着，提到一些前廊上听众不熟悉的人名和地名，似乎和要说的事情没什么关系。“所以说范妮和玛莎·杰瑟普是同父异母的姐妹。我是范妮和她第三任丈夫的儿子，这让我和你——”他弯下腰，开始解捆箱子的绳子。他的两只手像肮脏的麻雀爪子，在颤抖。手提箱袋子里装满了各种各样的破烂——破旧的衣服和看上去像是缝纫机上拆下来的零部件，或类似的毫无价值的垃圾货。驼子在这堆东西里面一通乱翻，找出一张旧照片。“这是我母亲和她同父异母妹妹的照片。”

阿梅莉亚小姐一声不吭，慢吞吞地把下巴转过来转过去。看得出来她在思考。胖墩麦克费尔接过照片，对着灯光看了看。照片上是两个苍白、干巴巴的小孩子，两到三岁的样子。脸是两个模糊不清的小白团，就像是随便哪一本相册里的旧照片。

胖墩麦克费尔把照片还回去，没有评论。“你打哪儿来？”他问道。

驼子的声音有点不确定：“我在四处走走。”

阿梅莉亚小姐还是不说话。她靠着门框站着，低头看着驼子。亨利·梅西紧张得直眨眼，不停地搓着双手。随后他悄悄离开底层的台阶，消失不见了。他是个心地善良的人，驼子的处境触动了他，所以他不想在这里再待下去，看着阿梅莉亚小姐把这个新来的人赶出她的地界，逐出小镇。驼子站在那里，打开的箱子在底层台阶上放着。他吸了吸鼻子，嘴唇在颤抖。或许他开始明白自己尴尬的处境了。他也许意识到，作为一个陌生人，提着一箱子破烂来小镇和阿梅莉亚小姐攀亲道故是件多么痛苦的事情。总之他一屁股坐在台阶上，突然大哭起来。

一个驼子半夜里来到小店，坐下来嚎啕大哭，这可不是一件寻常的事情。阿梅莉亚小姐把额头前的头发往后拢了拢，男人们不安地互相看了看。小镇极其安静。

最终，双胞胎中的一个说：“他要不是个地地道道的莫里斯·范因斯坦那才怪了呢。”

所有人都点头赞同，因为这句话有其特殊的含义。不过驼子却哭得更凶了，因为他不知道他们在说什么。莫里斯·范因斯坦多年前在小镇住过。他是个动作敏捷、喜欢蹦蹦跳跳的小个子犹太人，每天吃发酵白面包和罐头三文鱼，只要你说他是谋杀基督的凶手，他就会哭。后来他遭遇了不幸，搬去了社会市。不过从那时起，如果一个男人谨小慎微或哭哭啼啼，大家就叫他莫里斯·范因斯坦。

“嗯，他很难受。”胖墩麦克费尔说，“肯定有什么原因。”

阿梅莉亚小姐迈着迟缓、笨拙的大步，两步就跨过了前廊。她走下台阶，站在那里，若有所思地看着陌生人。她小心翼翼地用棕色的长食指碰了碰他背上的驼峰。驼子还在哭泣，不过声音比刚才小多了。夜晚很安静，月光依旧清澈柔和，天气越来越冷了。这时阿梅莉亚小姐做出了一个罕见的举动：她从屁股后面的口袋里掏出一个酒瓶，用手掌擦了擦瓶口，把酒瓶递给驼子，让他喝。阿梅莉亚小姐卖酒难得赊账，对她而言，让别人不花钱喝上哪怕一滴酒几乎也是从未听说过的。

“喝吧。”她说，“喝了开胃。”

驼子停止了哭泣，利索地舔干嘴边的泪水，照她说的做了。他喝完后，阿梅莉亚小姐慢吞吞地来了一口，她用这口酒暖暖嘴巴，漱了漱口，吐了出去。随后她也喝上了。双胞胎和工头有他们自己花钱买的酒。

“这酒真顺口。”胖墩麦克费尔说，“阿梅莉亚小姐，我还从没见你失过手。”

那天晚上他们喝的威士忌（一共两大瓶）很重要。不然的话，后面的故事就很难讲下去了。或许，没有这些烈酒就不会有一家咖啡馆。因为阿梅莉亚小姐的烈酒确实有特色，清纯、辣舌头，喝下去后会在肚子里面热上很久。这还不是所有的。

据说用柠檬汁写在白纸上的讯息肉眼是看不见的。但如果把这张纸放在火上烤一烤，棕色的字迹就会显露出来，纸上的意思也就清楚了。把威士忌想象成火，而讯息则是隐藏在灵魂深处的东西，那么你就能够懂得阿梅莉亚小姐烈酒的价值了。那些没留神就过去了的事情，蛰伏在大脑阴暗深处的想法，突然之间就会变得容易辨识和理解了。

一个脑子里只有纺织机、饭盒、床，然后又回到纺织机的纺织工，可能在某个礼拜天喝了点酒，偶然发现沼泽地里的一朵百合花。他可能把花握在手里，仔细察看精致的金黄色花朵，心里可能会突然涌起一股像痛苦一样强烈的甜美。一个编织工猛然抬头，平生第一次看见一月份的午夜天空里清冷奇妙的光亮，对自己的渺小的恐惧让他的心脏骤然停止跳动。那时候，男人喝了阿梅莉亚小姐的烈酒后，诸如此类的事情就会发生。他有可能经受痛苦，也可能欣喜若狂，但是这样的体验显示出真理：他的灵魂得到了温暖，发现了隐藏在里面的讯息。

他们一直喝到后半夜，乌云遮住了月亮，夜晚又黑又冷。驼子仍然坐在最底层的台阶上，凄惨地弯着腰，前额抵着膝盖。阿梅莉亚小姐站在那里，两只手插在口袋里，一只脚搭在第二级台阶上。她已经很久没开口了，脸上是那种稍稍有点对眼的人陷入沉思后的表情，看上去既睿智又疯狂。最终她说道：“我还不知道你叫啥。”

“我叫利蒙·威利斯。”驼子说。

“好吧，进来吧。”她说，“炉子上还有一些饭菜，你去吃吧。”

阿梅莉亚小姐的一生中，除了她打算作弄人，或想从别人身上弄点钱，邀请别人与她一起用餐的次数极为有限。所以前廊上的男人都觉得哪儿有点不对劲。后来他们私底下嘀咕，说她肯定在沼泽地里喝了一下午的酒。不管什么原因，反正她离开了前廊。胖墩麦克费尔和双胞胎也回家了。她关上大门，四处查看了一番，随后走进小店后面的厨房。驼子拖着箱子跟在她身后，不停地吸着鼻子，并用脏外套的袖子去擦鼻子。

“坐吧。”阿梅莉亚小姐说，“我把这些饭菜热一下。”

那天晚上他们共用的晚餐很丰盛。阿梅莉亚小姐很富有，在饮食上她从来不亏待自己。那天的饭菜包括炸鸡（胸脯肉被驼子拿到他的盘子里了）、芜菁泥、绿叶甘蓝和热乎乎的淡金色红薯。阿梅莉亚小姐不慌不忙地吃着，像农夫一样吃得津津有味，进餐的时候她的两个胳膊肘支撑在桌子上，头俯在盘子上，她的膝盖分得很开，脚勾住椅子的横档。至于那个驼子，他狼吞虎咽的，像是好几个月没有闻过食物的味道一样。吃饭的时候，一滴眼泪顺着他又黑又脏的脸庞往下流，那不过是一点剩余的眼泪，说明不了什么。

桌上油灯的灯芯修剪得很整齐，灯芯边上一圈蓝色的火苗，在厨房里投下一片欢快的光亮。阿梅莉亚小姐吃完后，用一片白面包仔细擦干净盘子，然后把澄澈甘甜的自制糖浆浇在面包上。驼子也照着她的样子做了，不过他更讲究，换了一个干净的盘子。用餐完毕后，阿梅莉亚小姐把椅子向后一翘，握紧拳头，触摸着干净蓝布衬衫袖子里面右臂上柔软结实的肌肉，这是她饭后的一个无意识的习惯性的动作。随后她从桌上拿起油灯，朝楼梯那边偏了一下脑袋，算是邀请驼子跟她上楼。

小店楼上有三间阿梅莉亚小姐住了一辈子的房间——两间卧室，中间是一间大客厅。几乎没有人亲眼见过这些房间，不过大家都知道这些房间布置得很讲究，打扫得极为干净。而此刻阿梅莉亚小姐却把一个鬼知道从哪儿冒出来的脏兮兮的驼子带上了楼。阿梅莉亚小姐走得很慢，高举着手里的油灯，一步跨两级台阶。她身后的驼子跟得很紧，摇曳的灯光把他俩扭曲成一大团的影子投到楼梯的墙上。不一会儿，像镇上其他地方一样，楼上房间里的灯光也熄灭了。

第二天早晨天气晴朗，紫红的朝霞里夹杂着几抹玫瑰色。小镇四周的农田新近翻耕过，一大早农户们就下田开始种植深绿色的烟草苗。野鸦贴着田野飞行，在地面上留下快速移动的蓝色阴影。镇上的人一大早就带着饭盒出门，棉纺厂的窗户在阳光的照射下发出耀眼的金光。空气清新，开满花的桃树像三月的云彩一样轻盈。

和往常一样，阿梅莉亚小姐天刚亮就下楼了。她在水泵前洗了头，没隔多久就忙上了。稍后，她给骡子套上鞍具，骑着骡子去视察她位于分岔瀑公路边上的棉花地。到了中午，不用说，所有人都听说了昨天半夜光临小店的驼子的故事。不过还没有人见到他。天气很快就热了起来，天空是晌午的艳蓝色。还是没有人见到这位生客。有人回想起阿梅莉亚小姐的母亲是有一位同父异母的姐姐，不过对于她是已经死了还是和一个烟草工私奔了这个问题，大家的意见并不一致。至于驼子的说法，所有人都认为是捏造的。出于对阿梅莉亚小姐的了解，镇上的人断定她在喂饱了他之后，已经把他赶出家门。可是到了傍晚，天际已泛出白色，工厂也下班了，一个女人声称她从店铺楼上的一个窗口看到一张扭曲的面孔。阿梅莉亚小姐本人什么都没说。她在店里照料了一会儿生意，和一个农夫就一张犁铧讨价还价了一个小时，还修补了几处铁丝网，太阳快下山的时候她关上店门，上楼回到自己的房间。全镇的人对阿梅莉亚小姐都有点摸不着头脑，大家议论纷纷。

第二天阿梅莉亚小姐没有开门营业，她把自己锁在房间里谁都不见。谣言就是从这一天开始的。这个谣言太可怕了，整个小镇乃至四乡的人都被吓着了。这则谣言是从一个名叫梅里·瑞安的织布工那里传出来的。他是个不怎么靠得住的人——脸色蜡黄，步履蹒跚，嘴里一颗牙齿都没有了。他得了一种每三天发作一次的疟疾，也就是说每隔三天他就要发一次烧。所以前两天里他总是呆若木鸡，嘴里骂骂咧咧的。可是到了第三天他就会活过来，有时候他脑子里会冒出一两个怪念头，绝大多数都愚蠢透顶。梅里·瑞安在他发烧的那一天突然转过身来说：

“我知道阿梅莉亚小姐干了什么了。为了箱子里的东西她把那个人杀了。”

他说这些的时候声音很平静，像是在讲述一个事实。不到一小时那则新闻就传遍了小镇。那天全镇的人都在共同编造一个凶残而病态的故事，里面包括所有让人胆颤心惊的元素（一个驼子、深更半夜沼泽地里埋尸、阿梅莉亚小姐被人拖过街头送进监狱、有关她财产如何处置的争执）。所有这些都是用压低的声音说出的，每重复一次都会添加进一些新鲜诡异的细节。下雨了，女人忘记了去收晾晒在外面的衣服。有一两个欠着阿梅莉亚小姐钱的人像是在过节一样，甚至换上了礼拜天才穿的衣服。人们聚集在大街上，一边交谈一边观察着小店。

要说全镇的人都参与了这个邪恶的欢庆，那有点不符合事实。几个脑筋正常的人推断像阿梅莉亚小姐那样的有钱人，绝不会为了几件破烂费尽心机杀害一个流浪汉。

镇上甚至还有三个好心人，他们不想看到这样的罪行，哪怕它非常好玩，会引起骚动；想到阿梅莉亚小姐将被关进监狱和送到亚特兰大坐电椅并不能给他们带来乐趣。

这些好心人在阿梅莉亚小姐这件事上的观点与其他人不一样。当一个人的每个行为都与她过去的完全不同，当一个人犯下的罪行多到难以计数，这个人显然需要一种特别的评判标准。他们记得阿梅莉亚小姐生下来皮肤就黑，脸也长得有点怪异，她从小就没有母亲，由生性孤僻的父亲一手把她带大，小小年纪就长到了六英尺二英寸，这样的身高对一个女性来说不是很自然，她的生活方式和习惯也离奇到了令人难以理喻的地步。

最重要的是，他们回想起她令人困惑的婚姻，那是这个小镇上发生过的最让人猜想不透的丑闻。所以这些好心人对她有种近乎怜悯的情感。每当她出门干一件疯狂的事情，比如冲进一户人家，拖出一台缝纫机来抵充欠她的债务，或为了某件与法律有关的事而怒火中烧时，他们会对她产生一种复杂的感情：愤慨、近乎荒唐的瘙痒以及深切的难以言喻的悲哀。不说这些好心人了，因为他们一共才三个。镇上其余的人整个下午都在把这个想象出来的罪行当作节日来庆祝。

出于某种奇怪的原因，阿梅莉亚小姐本人似乎对所有这一切竟毫无觉察。白天大部分时间里她都待在楼上。下楼后，她在店铺里平静地来回走动，双手深深插在工装裤的口袋里，低着头，下巴都埋进衬衫的领子里了。她的身上见不到血迹。她经常停下脚步站在那里，闷闷不乐地看着地板上的裂缝，绞着一缕短发，小声地喃喃自语几句。不过大部分时间她都在楼上待着。

夜幕降临，下午的那场雨让气温降了下来，所以这个傍晚像冬天一样寒冷昏暗。天上没有一颗星星，还下起了冰冷的蒙蒙细雨。从街上看去，屋里油灯摇曳的火苗悲戚凄凉。起风了，风不是从沼泽地那边刮过来的，而是来自北面阴冷的松林。

镇上的钟敲了八下。还是没有动静。谈论了一整天阴森可怕的事情之后，凄冷的夜晚让有些人心生恐惧，他们待在家里，紧挨着炉火。其他人则选择凑在一起。八到十个男人聚集在阿梅莉亚小姐店铺的前廊上。他们沉默不语，其实他们只是在等待。他们并不知道自己在等待什么，其实是这样的：在高度紧张的时刻，某个重大事件即将发生，人们就会以这样的方式聚集等待。过一阵子后，那个时刻就会到来，当人到齐了，他们会统一行动，不是出于任何一个人的想法或意愿，而好像是他们的本能汇集到了一起，所以说这个决定不属于他们中的某一个人，而是作为整体的那一群人。在那样的时刻，没有人会迟疑。至于那件事是以和平的方式，还是以一种导致洗劫、暴力和犯罪的联合行动来解决，那就要听天由命了。所以男人们冷静地等候在阿梅莉亚小姐店铺的前廊上，没有一个人意识到他们将要做什么，但他们心里都明白他们必须等待，而且这个等待就将看到结果。

店铺的门是开着的。里面灯光明亮，看上去很正常。左边是放置大片生猪肉、冰糖和烟草的柜台。柜台后面是放腌肉和杂粮的货架。店铺的右边摆满了农具之类的东西。店铺后面靠左是一扇通向楼梯的门，门开着。右边往后也有一扇门，通向一间阿梅莉亚小姐称之为办公室的小房间。这扇门也开着。那天晚上八点，能看见阿梅莉亚小姐坐在带盖板的写字桌前，拿着钢笔和纸，在算账。

办公室的灯光很明亮，阿梅莉亚小姐似乎没有注意到前廊上的代表团。和往常一样，她身边的东西都放置得井然有序。这间办公室的名气很大，不过是以一种糟糕的方式出的名。它是阿梅莉亚小姐处理所有事务的地方。桌上有台盖得严严实实的打字机，她虽然会用，但仅在写最重要的文件时才会用到它。办公桌抽屉里真的有上千份文件，全部按照字母顺序归档。

这间办公室也是阿梅莉亚小姐接待病人的地方，因为她喜欢替别人看病。两个架子上放满了瓶子和各种各样的医疗器具。靠墙的一张长凳是给病人坐的。她用烧过的针给病人缝伤口，这样伤口就不会感染发炎。她用一种清凉的糖浆治疗烧伤。对于那些不能确诊的疾病，她则有多种根据密方配制的药物。这些药对肠阻塞很管用，但儿童却不能服用，因为这会导致他们四肢抽搐。

对于儿童她则采用完全不同的配方，这些药水更温和，也甜得多。

是的，总体上说，她算得上是位好医生。尽管她的手很大且骨节凸出，却非常灵巧。她的想象力也很丰富，运用过上百种不同的疗法。进行最危险和最不寻常的治疗时她也毫不犹豫，没有什么疾病可怕到她不愿意治疗的程度。只有一个例外。如果一个病人得的是妇科病，她会束手无策。实际上只要听到这几个字她的脸色就会因为羞怯而阴沉下来，她会站在那里，用后脖子摩擦衬衫的领子，或是把脚上的长筒胶鞋互相对搓，在外人眼里她就像一个受到极大羞辱、张口结舌的小孩子。不过在其他问题上人们都信任她。她对谁都不收费，因此病人总是源源不断。

那天晚上阿梅莉亚小姐用钢笔写了很多。但是即便是那样，她也不可能没有察觉到在黑暗的前廊上等待并观察她的人群。她时不时地会抬起头来，目不转睛地凝视他们。不过她没有朝他们吼叫，质问他们为什么像一群拙劣的长舌妇一样在她的店铺前游荡。她脸上的神情傲慢而严厉，像她平时坐在办公室桌前那样。过了一会儿，他们的窥探激怒了她。她用一块红手帕擦了擦脸，站起身，关上了办公室的门。

对于前廊上的那伙人来说，她的这个举动像是一个信号。是时候了。他们站了很久，身后街上的夜晚阴冷而潮湿。他们等候得够久了，就在那一刻，采取行动的本能降临到了他们身上。突然之间，像是被同一个愿望所驱使，他们走进了店铺。在那一刻这八个男人看起来非常相像——都穿着蓝色的工装裤，多数人头发花白，所有人的脸色都是苍白的，所有人的眼神都是呆滞的。

没人知道他们接下来会干什么。不过就在那一刻，楼梯上方传来了一声响动。男人们抬头向上看，都呆住了。是他，是那个已经在他们脑海里被谋杀了的驼子。而且，这个怪物完全不像他们想象的那样——一个可怜兮兮、肮脏不堪、无依无靠地在世上乞讨的话唠。实际上，他与他们迄今为止见到过的任何人都不一样。房间里死一般的安静。

驼子缓缓走下楼来，傲慢得像一个拥有脚下每一寸地板的人。过去几天里他身上发生了巨大的变化。首先，他干净得让人难以置信。虽然他还穿着那件小外套，但已被洗刷得干干净净，缝补得整整齐齐。里面是一件原属于阿梅莉亚小姐的红黑格子的新衬衫。他不像一般人那样穿着长裤，而是穿了一条紧身的只到膝盖处的马裤。他的细腿上穿着黑色长袜。他的皮鞋也很特别，样式别致，而且刚刚擦过，还打了蜡，鞋带一直系到脚脖子那里。他脖子上围着一条淡绿色的羊毛披肩，两只硕大苍白的耳朵几乎全部埋在了披肩里面，披肩上的穗子几乎垂到了地板上。

驼子迈着僵直的小花步走下楼，随后站在进到店铺里的那伙人的中央。他们给他让出一点地方。他们双手松弛地垂在身旁，睁大眼睛看着他。驼子自己则以一种非同寻常的方法找到自己的位置。他以他眼睛所处的高度注目凝视每一个人，这大约是一个普通人腰间皮带的高度。然后他故作深沉地打量着每个人的下半身——腰部以下直到鞋底。等到他满意了，他闭一会儿眼睛，摇摇头，好像是在说，在他看来他所看到的根本算不上什么。随后，很自信地，纯粹是为了肯定自己的看法，他仰起头，缓缓地转动脑袋，把围绕着他的一圈面孔收入眼底。商店左边地上放着半麻袋用作肥料的海鸟粪，驼子以此方式确定了自己的位置后，就在麻袋上舒舒服服地坐了下来，两条小细腿翘成了二郎腿，他从外套口袋里掏出一个物件来。

店里的人过了好一阵才缓过神来。梅里·瑞安，那个得了“三日烧”、在那天编造谣言的家伙最先开了口，他看着驼子手里把玩的物件，用沙哑的声音问道：

“你手里拿的是啥玩意？”

每个人都很清楚驼子手上拿的是什么。那是曾属于阿梅莉亚小姐父亲的鼻烟盒。盒身是蓝珐琅瓷的，盒盖上镶嵌着精致的金丝花纹。这伙人非常熟悉此物，因此觉得很奇怪。他们小心地瞟了一眼办公室关着的门，听到阿梅莉亚小姐在里面轻声吹着口哨。

“对，是什么，小不点？”

驼子飞快地抬头看了看，活动了一下嘴巴，说：“哦，这是专门用来对付好管闲事人的东西。”

驼子把哆哆嗦嗦的细手指伸进盒子里，捻了一个东西放进嘴里，可是他没让身边的人也尝一尝。他放进嘴里的甚至都不是真正的鼻烟，而是一种糖和可可的混合物。他把它当作鼻烟来服用，搓一个小团放在下嘴唇内侧，舌头不时舔上一下，每舔一次他的脸都会皱作一团。

“我这嘴牙总让我嘴里有股酸味。”他解释道，“所以我吃这种甜的东西。”

这伙人仍然簇拥在他身边，有点呆滞和发蒙。这种感觉一直在那里，不过被另一种情绪冲淡了一些——房间里的亲密气氛和一种暧昧的节日氛围。那天晚上在场的那伙人的姓名如下：黑斯蒂·马隆、罗伯特·卡尔弗特·黑尔、梅里·瑞安、T. M. 威林牧师、罗瑟·克莱因、里普·韦尔伯恩、“卷毛”亨利·福特和霍勒斯·韦尔斯。除了威林牧师，其他人在很多方面都很相像，就像前面说过的那样，都曾从这件或那件事上得到过乐趣，受过磨难，哭泣过。没被激怒的时候，大多数人都很温顺。他们每个人都在棉纺厂工作过，和别人合租过两室或三室的房子，租金一个月十到十二块。因为是礼拜六，所有人那天下午都领了工资。所以，暂且把他们看作一个整体吧。

然而，驼子已经在脑子里把他们分门别类了。坐稳之后他开始和在场的每一个人聊起天来，问一些诸如结婚没有、多大了、平均一个礼拜挣多少钱之类的问题，转弯抹角地打听一些极为私密的东西。很快，镇上其他的人也加入进来了，有亨利·梅西，有察觉到有什么异常的二流子和叫男人回家的女人，甚至有一个没人看管的浅黄头发的小孩子，他蹑手蹑脚地溜进店里，偷了一包动物饼干，又悄悄地溜走了。就这样，阿梅莉亚小姐的店里很快就挤满了人，而她还是没有打开办公室的门。

有一种人，其特有的品质能把他和普通人区分开来。这种人具有一种通常只存在于儿童身上的本能，让他和外界事物建立起直接和充满生机的联系。驼子显然是这种类型的人。他在店里才待了半个小时，就已经与每一个人建立起直接的联系。就好像他已在这个小镇住了好多年，是个众所周知的人物，已经坐在那袋鸟粪上和别人聊了无数个夜晚。所有这些，加上礼拜六晚上这个事实，可以解释店里自由的氛围和带点出格的欢乐。气氛还是有点紧张，部分原因是眼下有点怪异的境况，部分原因是阿梅莉亚小姐仍然把自己关在办公室里，还没有现身。

晚上十点整她走出办公室。那些期望她出场时会有好戏看的人失望了。她打开门，迈着缓慢、笨拙的大步走出来。她鼻梁的一侧有一丝墨迹，她把红手帕系在了脖子上。她似乎没有注意到有什么不正常，灰色的斗鸡眼扫过驼子坐着的地方，在那里停留了一会儿。对于店里的其他人，她用平静中稍带一点惊讶的眼神看了他们一眼。

“有人要买东西吗？”她轻声问道。

因为是礼拜六晚上，店里有一些顾客，他们都要买酒。阿梅莉亚小姐三天前刚从地里起出一桶有年份的好酒，在酿酒厂里分好瓶。那天晚上她从顾客手里接过钱，在明亮的灯光下点清楚。这些手续与往常一样。不过接下来发生的事情却不同寻常。

往常顾客付完钱后要绕到后面黑黢黢的院子里，她会在厨房门那里把酒递给他们。这个交易过程丝毫没有乐趣可言。拿到酒后客人就消失在黑夜里。或者，如果有谁的老婆不让他在家里喝，他会转回到小店的前廊，在那里或街道上狂饮。前廊和它前面的那条街道也都是阿梅莉亚小姐的产业，这一点没错，不过她不把它们当作自己住所的一部分；她的住所始于前门，包括整幢房屋。她不允许任何人在里面打开酒瓶，除了她自己谁都不能在里面喝酒。

现在她第一次打破了这个规矩。她进到厨房里，驼子紧跟在她身后，接着把酒瓶拿到温暖明亮的店堂里。更有甚者，她还放上几只酒杯，又打开两盒饼干，放在柜台上的一个盘子里招待大家，谁都可以免费拿上一块。

她只跟驼子一人说话，用粗糙沙哑的嗓音问他："利蒙表哥，你是就这么喝，还是在炉子上隔水温了再喝？"

"不麻烦的话，阿梅莉亚，"驼子说（不加尊称，冒昧地对阿梅莉亚小姐直呼其名，那是哪一年的事了？——她的新郎和结婚十天的丈夫也没敢这么做过。事实上，自从她父亲去世后，就没有人敢以这种熟悉的方式称呼她，至于她父亲，出于某种原因，总叫她"小丫头"），"不麻烦的话，我想要温了再喝。"

以上所述就是这家咖啡馆的起源。事情就是这么简单。现在回过头去想想，那天晚上像冬天一样阴冷，要是只能坐在店铺外面庆祝的话，就太没意思了。可是小店里面有伙伴、温暖和热情。有人把后面的炉子捅旺了，那些买了酒的人在与朋友分享。还有几个女人在那里嚼甘草，喝汽水，甚至来上一口威士忌。驼子仍然是个新奇的人物，他的在场让大家很开心。办公室的那条长凳也给搬出来了，又加了几把椅子。其他人则靠着柜台站着，或舒服地在酒桶和麻袋上落座。在店里打开烈酒并没有引起什么粗鲁放纵、有伤风化的傻笑或任何不检点的行为。恰恰相反，大家都礼貌到了近乎羞怯的程度。

这个镇上的居民那时还不习惯为了娱乐聚集在一起。他们因为工作在工厂见面，或在礼拜天参加一个全天的野餐会——尽管这种野餐会带有娱乐性，但其目的是加深你对地狱的认识，让你对万能的主充满畏惧。但是一家咖啡馆的意义则完全不一样。即使最有钱、最吝啬的老无赖也不会浑到在一家得体的咖啡馆里侮辱别人。穷人则心存感激地四处张望，捏起一撮盐时都很优雅端庄。一个得体的咖啡馆的氛围意味着以下的素质：友谊、满足的肚皮和一些优雅欢乐的行为。从来没有人给那天晚上聚集在阿梅莉亚小姐店铺里的人讲过这番道理。不过他们却知道这些，尽管直到那一刻这个镇上还从未有过一家咖啡馆。

而这时，这一切的起因——阿梅莉亚小姐，那天晚上大部分的时间里都站在厨房门口。从外表上看她没有什么变化。不过很多人注意到她的脸色。她观察着身边发生的事情，不过大多数时间眼睛都寂寞地落在驼子身上。他在店里趾高气扬地来回走动，从鼻烟盒里拈东西吃，态度尖酸可又讨人喜欢。炉子上的裂缝朝阿梅莉亚小姐投去一束光亮，她棕色的长脸明亮了一些。她似乎在反省，脸上的表情包括痛苦、困惑和不确定的欢欣。她的嘴唇不像过去那样紧闭着，而是不时地咽上一口唾沫。她的皮肤变白了，一双大手在出汗。她那天晚上的样子，就像一个孤独寂寞的恋人。

咖啡馆的开张直到午夜才结束。大家友好地互相道别。阿梅莉亚小姐关上了前门，不过忘记了上门闩。很快，所有这一切——有三家商店的大街、棉纺厂、住家——实际上整个小镇都沉入到黑暗和寂静里。这个包括了陌生人的到来、一个邪恶的节日以及咖啡馆的诞生的三天三夜也随之结束了。

现在，我们得让时间走得快一点，接下来的四年差别不是很大。发生过重大的变化，但这些变化都是以一些简单的看似不重要的步骤一点一滴累积起来的。驼子继续和阿梅莉亚小姐住在一起。咖啡馆在逐步扩张。阿梅莉亚小姐开始一杯一杯地卖酒，店里添了几张桌子。每天晚上都有客人，礼拜六晚上更是挤满了人。阿梅莉亚小姐开始提供十五美分一盘的炸鲶鱼。驼子怂恿她买了一台上好的机器钢琴。不到两年，这里就不再是一家杂货店，而是成了一家真正的咖啡馆，每晚从六点一直营业到午夜十二点。

每天晚上驼子都趾高气扬地从楼上下来。他身上总有一股淡淡的芜菁味，因为阿梅莉亚小姐为了强健他的身体，一早一晚用菜叶和肉炖的汤给他擦身子。她对他的溺爱到了不可理喻的地步，不过似乎没有什么能够让他变强壮，食物仅仅使得他的驼峰和脑袋长得更大，而其他部分仍然虚弱畸形。阿梅莉亚小姐的外貌没什么变化。平时她仍然穿着长筒胶鞋和工装裤，不过到了礼拜天她会换上深红色的长裙，那件裙子在她身上成了最古怪的时装。然而她的举止，还有她的生活方式则发生了很大的变化。她仍然热衷于激烈的诉讼，不过不再急于坑骗她的乡亲、不留情面地讨要别人的欠账。因为驼子特别爱好交际，她甚至也跟着出去走动走动——参加布道会、葬礼等等。她的行医像以往一样成功，酿造的烈酒甚至可能比过去还好。咖啡店本身就很盈利，它是方圆若干英里内唯一能消遣的地方。

我们暂且用几个断续随机的片段说明一下这几年的情形吧。

你会看见他们披着冬天火红的朝霞去松林狩猎，驼子踩着阿梅莉亚小姐的脚印往前走。你会看见他们在她的地里干活——利蒙表哥站在一边，什么都不做，却飞快地指出谁在偷懒。秋日的下午，他们坐在房屋后面的台阶上劈甘蔗。炎热耀眼的夏天，他们待在生长着墨绿色落羽杉的沼泽地里，盘错的树根下面是一片昏沉沉的幽暗。每当小径穿过泥塘或一片深水时，你会看见阿梅莉亚小姐弯下腰，让利蒙表哥爬到她的背上，阿梅莉亚小姐蹚着水朝前走，驼子坐在她肩膀上，双手抓住她的耳朵或抱着她宽阔的前额。偶尔阿梅莉亚小姐会发动起她买的福特汽车，带着利蒙表哥去奇霍看一场电影，或去偏远的地方逛集市、看斗鸡。驼子对壮观的东西情有独钟。当然，每天早晨他们都在咖啡馆里度过，他们经常坐在楼上客厅的壁炉跟前，一坐就是好几个小时。因为驼子一到晚上就病怏怏的，害怕周围的黑暗，他对死亡深怀恐惧，阿梅莉亚小姐不愿意让他独自承受这种恐惧。甚至可以这样认为，咖啡馆之所以办起来，主要是出于这样的考虑：咖啡馆给他带来了陪伴和欢乐，帮助他度过那些夜晚。把这些片段拼凑起来，这几年的大致轮廓也就出来了。其他的就暂且不说了。

现在该对这种行为作些解释了，是说说爱情的时候了。阿梅莉亚小姐爱着利蒙表哥，这在所有人的眼里一清二楚。他们住在同一屋檐下，从来没见他俩分开过。所以，按照麦克费尔太太——一个鼻子上长了黑痣、喜欢把客厅家具不停地搬来搬去、好管闲事的老太婆的看法，根据她以及某些人的观点，这两个人生活在罪孽之中。如果说他俩真有亲戚关系，也就等于是远表亲之间的苟合了，但是就连这一点也无法证实。

再说，当然了，阿梅莉亚小姐像个大口径手枪一样孔武有力，身高超过六英尺，而利蒙表哥则是个弱不禁风的小驼子，身高只到她腰那里。不过这更对胖墩麦克费尔老婆和她狐朋狗党的胃口，因为这些人会因为别人的不般配和瞧着可怜的结合而兴奋，所以就随他们去吧。善良的人则认为如果两个人之间找到了某种肉体上的满足，那只是他们自己与上帝之间的事，和他人无关。所有明智的人对那些人的猜测看法是一致的。他们的回答直接明了：无稽之谈。那么，这到底是一种什么样的爱呢？

首先，爱是两个人之间的共同体验——不过并不因为是共同的体验，对涉及的两个人来说这个体验就是相同的。世界上存在着施爱和被爱这两种人，这是两种截然不同的人。通常，被爱的一方只是个触发剂，是对所有储存着的、长久以来安静蛰伏在施爱人体内的爱情的触发。每一个施爱的人多少都知道这一点。他从心里感到他的爱是一种孤独的东西。他逐渐体会到一种新的、陌生的孤寂，而正是这种认知使他痛苦。所以说施爱的人只有一件事可以做。他必须尽最大可能囚禁自己的爱；他必须为自己创造出一个全新的内心世界——一个激烈又陌生，完全属于他自己的世界。还要补充一句，我们所说的这个施爱的人并不一定是一个正在攒钱买婚戒的年轻小伙子，这个施爱的人可以是男人、女人、儿童，或这个地球上的任何一个人。

至于被爱的人也可以是各式各样的。最稀奇古怪的人也可以成为爱情的触发剂。一个老态龙钟的曾祖父，仍会爱着二十年前某天下午他在奇霍街上见到的陌生姑娘。牧师会爱上堕落的女人。被爱的或许是个奸诈油滑之徒，沾染了各种恶习。是的，施爱的人可能像别人一样对此看得清清楚楚，但这丝毫不影响他爱情的进展。一个最平庸的人可能是一个疯狂、奢侈，像沼泽地里的毒百合一样美丽爱情的对象。一个善良的人可能是一场狂放下贱爱情的触发剂，或者，一个喋喋不休的疯子可能会引发某个人内心里一首温柔而单纯的田园诗。所以说，爱情的价值与质量仅仅取决于施爱者本身。

正因为如此，我们大多数人更愿意去爱别人而不是被人爱。几乎所有人都想做施爱的人。道理很简单，人们只在心里有所感知，很多人都无法忍受自己处于被人爱的状态。被爱的人害怕和憎恨付出爱的人，理由很充分。因为施爱的一方永远想要把他所爱的人剥得精光。施爱的一方渴求与被爱的一方建立所有的联系，哪怕这种经历只会给他带来痛苦。

此前说到过阿梅莉亚小姐有过一次婚姻。我们不妨在这里说一说这段奇异的经历。请记住，所有这一切都发生在很久以前，那是驼子到来之前阿梅莉亚小姐与爱情唯一的一次亲身接触。

那时小镇和现在差不多，除了只有两家而不是三家商铺，沿街的桃树也比现在更矮小更扭曲。那时阿梅莉亚小姐十九岁，她的父亲已经死去好几个月了。那时镇上有一个叫马尔文·梅西的织机维修工。他是亨利·梅西的哥哥，不过看到他们你绝对猜不出这两个人是亲兄弟。

马尔文·梅西是这一带最帅的男子——六英尺一英寸的身高，肌肉结实，长着懒洋洋的灰眼睛和一头卷发。他手头宽裕，工资挣得也不少，有一块后盖打开后是一幅瀑布风景的金表。用外部和世俗的眼光来看，马尔文·梅西是个幸运的家伙，他不需要对谁点头哈腰，却总能得到他想要的东西。不过从一个更严格更深思熟虑的观点来看，马尔文·梅西并不值得羡慕，因为他禀性邪恶。比起县里的不良少年，他的名声即使不比他们更糟糕，至少也同样糟糕。当他还是个大男孩的时候，有好几年，他总随身携带着一只腌制风干的人耳朵，那是他从剃刀格斗中杀死的男人身上割下来的。为了寻开心，他把松树林里松鼠的尾巴剁下来，他左边后裤兜里放着禁用的大麻，用来诱惑那些心灰意懒不想好好活的人。虽然他恶名在外，但他仍然是那一带很多女子倾慕的对象。那时当地的几个年轻姑娘，头发整洁，目光温柔，长着纤细可爱的小屁股，模样迷人。这几个姑娘都被他糟蹋羞辱了。

最终，在他二十二岁那年，马尔文·梅西看上了阿梅莉亚小姐。那个孤僻、瘦高笨拙、眼睛长得有点怪异的姑娘才是他朝思暮想的人。他看中她完全是出于对她的爱，而不是因为她有钱。

爱情改变了马尔文·梅西。在他爱上阿梅莉亚小姐之前，可以去质疑像他这样的人到底有没有良心。不过我们还是可以为马尔文·梅西丑陋的性格做些解释，因为他在这个世界上有个艰难的开端。

他是一家七个没人要的孩子中的一个，他们的父母几乎完全不能被称为父母。这是一对疯狂的年轻人，喜欢钓鱼和在沼泽地里闲逛。他们几乎每年都要增添一个孩子，这对他们来说只是一种累赘。晚上他们从工厂下班回家看到他们，像是不知道这些孩子是从哪儿冒出来的。如果哪个孩子哭闹，那他就会被打一顿，他们在这个世界上学会的第一件事就是找到房间里最阴暗的角落，尽最大可能把自己藏起来。他们瘦得像白发小鬼，不说话，甚至相互之间也不说话。最终，他们被他们的父母抛弃，靠着镇民的怜悯生活。

那是一个难熬的冬季，锯木厂歇业快三个月了，谁家的日子都不好过。但这是一个不会让白人家的孤儿饿死在街头的小镇。所以就出现了这样的结局：最大的孩子，当时才八岁，走到奇霍并消失不见了——或许他爬上一列货车，出去看世界了，天晓得。另外三个孩子寄宿在镇上，从一家的厨房吃到另一家的厨房，由于他们都很孱弱，没等到复活节就先后夭折了。

剩下的两个孩子就是马尔文·梅西和亨利·梅西，他们被一家人收养。镇上有位好心肠的妇人，名叫玛丽·黑尔太太，她收养了马尔文·梅西和亨利·梅西，像爱自己的孩子一样爱他们。他们在她家里长大，受到了很好的关爱。

但儿童的心是个脆弱的器官。在这个世界上的残酷开端会把它们扭曲成奇特古怪的形状。一个受到伤害的儿童的心会收缩，从此就变得像桃核一样坑坑洼洼和坚硬。还有一种可能，这样的儿童心会肿胀溃烂，以致难以被他们的身体承载，很容易被一件最普通的事情碰伤。后者发生在亨利·梅西身上，他和哥哥截然相反，是镇上最温和善良的人。他把自己的工资借给遭遇不幸的人，过去他经常帮助那些礼拜六晚上去咖啡馆寻欢作乐的父母照料孩子。不过他是个害羞的人，看上去就像一个长着一颗肿胀的心在受苦的人。然而马尔文·梅西却变得胆大妄为和残酷无情。他的心变得像撒旦头上的角一样坚硬，在爱上阿梅莉亚小姐之前，他带给弟弟和那位好心肠妇人的只有耻辱和麻烦。

但爱情彻底改变了马尔文·梅西的品性。他倾慕阿梅莉亚小姐两年，但并没有向她表白。他会站在她店铺的大门附近，帽子拿在手里，眼睛里流露出温柔向往的雾灰色目光。他彻底改变了自己。马尔文·梅西对弟弟和养母都很好，学会了俭省并把工资存起来。更重要的是他寻求上帝。礼拜天他不再在前廊地上躺一整天，弹吉他唱歌；他去教堂做礼拜，参加所有的宗教集会。他学会了礼貌，训练自己起身给女士让座，杜绝了说脏话、打架和用上帝的名字赌咒发誓。他用了两年的时间完成了这个转变，从各方面提高了自己的品德。两年结束后的一个晚上，他去找阿梅莉亚小姐，带着一束沼泽地里的野花、一袋猪小肠和一只银戒指。那个晚上马尔文·梅西向阿梅莉亚小姐表明了自己的心迹。

而阿梅莉亚小姐真的嫁给了他。事后大家都很纳闷。有人说她是想收点结婚礼物。其他人则坚信那是她在奇霍的姑姥姥整天向她唠叨的结果，姑姥姥是一个很恐怖的老太婆。不管怎么说，阿梅莉亚小姐迈着大步走上了教堂中间的通道，身上穿着她死去的母亲的婚裙，那件婚裙是黄缎子的，对她来说至少短了十二英寸。那是冬天的一个下午，明朗的阳光透过教堂红宝石色的窗户玻璃，给圣坛前的这对新人投上了一层奇异的光彩。婚礼过程中，阿梅莉亚小姐不停地做着一个奇怪的动作——用她的右手掌蹭她婚裙的一侧。她在找她工装裤的口袋，由于找不到，她的脸色越来越不耐烦，越来越厌倦和恼怒。最终，当婚誓宣读完毕，婚礼祷告也结束了，阿梅莉亚小姐急匆匆地离开了教堂，她没有挽住新郎的手臂，而是走在他的前面，领先他至少两步。

教堂离店铺不远，所以新娘新郎步行回家。据说回家的路上阿梅莉亚小姐谈起了她和一个农夫就一批柴火达成的交易。实际上，她对待她的新郎与对待一个来店里买一品脱烈酒的顾客没什么两样。不过到目前为止一切进展得还算顺利，镇上的人很满意，因为大家看到过爱情对马尔文·梅西所起的作用，盼望他的新娘也会因此有所改变。至少，他们指望这场婚姻能够把阿梅莉亚小姐的脾气改得好一点，给她身上添上点新娘的丰润，并最终成为一个靠得住的女人。

他们全错了，据那天晚上趴在窗户上往里看的那些小男孩说，接下来的真实情况是这样的：新娘和新郎吃了一顿丰盛的晚餐，是平时给阿梅莉亚小姐做饭的黑人杰夫准备的。新娘每道饭菜都要了第二份，可是新郎却挑挑拣拣。随后新娘就去处理自己的日常事务——读报纸、盘点货物等等。新郎无所事事地待在门口，脸上一副放任、痴呆和喜悦的表情，不过新娘并没有注意到。到了十一点，新娘拿起一盏油灯上楼了。新郎紧跟在她身后。到那一刻为止一切都还算正常，但接下来发生的事却有点亵渎神明了。

不到半小时，身穿马裤和咔叽布夹克的阿梅莉亚小姐就“蹬蹬蹬”地走下楼来。她阴沉着脸，所以看上去很黑。她猛地推开厨房门，又恶狠狠地踢了门一脚。随后她控制住自己的情绪。她捅开炉火，坐下来，把脚翘在炉子上。她读起了《农人历书》，喝咖啡，用她父亲的烟斗抽了一斗烟。她的脸色冷酷严厉，脸倒是白了一点，看上去比较自然了。她不时停下来，把历书上的信息抄在一张纸上。天快亮的时候她去了办公室，打开盖着的打字机，这台打字机是她最近刚买的，她还在学习怎样使用。以上是她度过自己新婚之夜的全过程。天亮以后，她像是什么都没有发生似的，去院子里做了一会儿木工活，她在做一只兔笼，一周前开始的，打算做好后卖掉。

当一个新郎不能把自己心爱的新娘弄上床，而且全镇的人都知道了，那真是尴尬到家了。那天马尔文·梅西下楼时还穿着他婚礼上穿的礼服，脸上病快快的。天晓得他是怎样度过自己的新婚之夜的。他在院子里溜溜达达，观察着阿梅莉亚小姐，但保持着一定的距离。快到中午时他灵机一动，朝社会市方向走去。回来时他带着礼物——一只猫眼石戒指、时下流行的粉色珐琅胸坠、一只上面刻着两颗心的银手镯，还有一盒价值两美元五十美分的糖果。阿梅莉亚小姐把这些礼物打量了一番，拆开了那盒糖果，原因是她饿了。她精明地估算出其他礼物的总价，然后把它们放在柜台上出售。这个晚上和前一个晚上几乎一样，只不过阿梅莉亚小姐用她的羽毛床垫在厨房炉子前铺了个床，她睡得很香。

这样的情形持续了三天。阿梅莉亚小姐像平时一样处理日常事务，她对公路往南十英里的地方要造一座桥的谣言很感兴趣。马尔文·梅西仍然房前屋后地跟着她，从他脸上很容易看出来他在受折磨。到了第四天，他干了一件愚蠢到家的事情：他去了一趟奇霍，请来一名律师。然后就在阿梅莉亚小姐的办公室里，他把自己的全部家产归到了她的名下，那是他用存款购得的十英亩林场。她一本正经地把文件审查了一遍，确定里面没有什么诡计后，才冷静地把文件存放进办公桌的抽屉里。那天下午马尔文·梅西带着一大瓶威士忌去了沼泽地，那时太阳还挂得老高。天快黑的时候他醉醺醺地回来，瞪着潮湿的大眼睛，走到阿梅莉亚小姐跟前，把一只手搭在她肩膀上。他想和她说点什么。可是还没等他开口，脸上就挨了她挥过来的一拳，打得他倒退着撞到了墙上，门牙也被打掉了一颗。

余下的事情我们只能大致罗列一下。自从阿梅莉亚小姐挥臂打出了第一拳，只要他走到她跟前，只要他喝醉了酒，阿梅莉亚小姐就会动手揍他。最终她把他彻底赶出了家门，他被迫在众人眼皮底下受辱。白天他在阿梅莉亚小姐地界外面一点的地方晃荡，有时候，他会带着憔悴疯狂的表情，坐在那里擦他的步枪，眼睛一动不动地盯着阿梅莉亚小姐。即便她害怕了，她也没有显露出来，不过，她的脸色比以往任何时候都更严峻了，经常朝地上吐口唾沫。他干的最后一件蠢事是从窗户翻进她的店铺，黑灯瞎火地坐在里面，什么目的也没有，直到第二天她下楼时才发现。针对他的这一行为，阿梅莉亚小姐立刻赶去奇霍的法院，打算以非法侵入住宅罪将他送进监狱。马尔文·梅西于那一天离开了小镇，没有人看见他离开或知道他去了哪里。走之前他留下一封奇怪的信，一部分用铅笔，另一部分用钢笔写成，从门缝塞进阿梅莉亚小姐家。那是一封疯狂的情书，但其中包含威胁，他发誓此生他一定会报复她。他的婚姻持续了十天。镇上的人感到特别的满意，那是看到一个人被丑闻和可怕的力量摧毁后的满足。

阿梅莉亚小姐得到了马尔文·梅西所有的财产——他的林场、他的金表、他的每一件财物。不过她好像并不把它们当回事，那年春天她把他的三 K 党长袍剪了，用来覆盖她种植的烟草。所以说他所做的一切仅仅是让她更加富有并带给她爱情。不过说来也怪，一说到他她就咬牙切齿。提到他时她从来不用他的姓名，总是轻蔑地用“我嫁给的那个织机维修工”来称呼他。

后来，有关马尔文·梅西的骇人听闻的谣言传到了镇上，阿梅莉亚小姐很高兴。一旦挣脱了爱情的束缚，马尔文·梅西的真实性格终于显露出来了。他成了一名罪犯，照片和名字登在州里所有的报纸上。他抢劫了三家加油站，用一把枪管锯短了的枪抢劫了社会市的一家 A&P 商场。他是谋杀“眯眼”山姆的嫌疑犯，而后者本身就是一名劫持犯。所有这些罪行都与马尔文·梅西的名字联系在一起，他的恶名传遍了四乡八镇。最终警察逮到了他，当时他烂醉如泥地躺在一家小客栈的地上，身边放着他的吉他，右脚的鞋子里放着五十七块钱。他受审、被判刑，关进了亚特兰大附近的一所监狱。阿梅莉亚小姐非常地称心满意。

好了，这些都是多年前发生的事情，是一些与阿梅莉亚小姐婚姻有关的故事。镇上的人因为这件荒唐的韵事开心了好一阵子。不过尽管从外表上看这段恋情确实悲惨而且荒唐，这里不得不提醒大家，真实的故事发生在施爱的一方的心灵深处。所以说除了上帝，还有谁能对这种爱或其他任何形式的爱做出评判？咖啡馆开业的第一个晚上，有几个人突然想到了那个关在远方阴暗监狱里的潦倒新郎。后来的岁月里，镇上的人并没有把马尔文·梅西这个人完全忘掉。只是当着阿梅莉亚小姐或驼子的面，没有人会再提起这个名字。但是与他的激情和犯罪有关的记忆，还有他被关在监狱的一间牢房里的念头，却像一个不安的弦外之音，藏在阿梅莉亚小姐的幸福爱情和咖啡馆的欢乐气氛下面。所以大家别忘了这个叫马尔文·梅西的人，因为他要在接下来的故事里扮演一个可怕的角色。

商铺变成咖啡馆后的四年里，楼上房间的摆设没有变过。屋子的这一部分在阿梅莉亚小姐的一生里一直保持着原来的样子，那是她父亲在世时的样子，很有可能在他之前就是这样了。这三个房间，如前所述，打扫得窗明几净，连最不起眼的东西都有它固定的位置。每天早晨，阿梅莉亚小姐的佣人杰夫会把每样东西掸去灰尘，擦拭干净。前面的房间归利蒙表哥，那是马尔文·梅西在他获准居住期间住过几晚的房间，在那之前是阿梅莉亚小姐父亲的卧室。房间里有一个大衣柜、一个五斗柜，上面覆盖着浆过的带花边的白色亚麻布，还有一个大理石面的桌子。一张硕大无比的床，是那种用黑檀木雕刻的带四根柱子的老式大床。上面铺着两床羽毛床垫，放着抱枕和好几条手工棉被。床很高，下面放着一个两级的木梯。此前住过的人没用过这个木梯，但利蒙表哥每天晚上把它拉出来，堂而皇之地踏着它上床。木梯边上，一个上面画着粉色玫瑰的瓷夜壶被小心地推到一个不起眼的地方。光亮的深色地板上没有铺地毯，窗帘是某种白布料做的，也钩着花边。

客厅另一边的房间是阿梅莉亚小姐的卧室，要小一点，布置得很简单。床很窄，是松木的。有一个用来装她的马裤、衬衫和礼拜天穿的衣服的五斗柜，她在壁橱的墙上钉了两根钉子，用来挂她的长筒胶鞋。房间里没有窗帘、地毯或任何装饰性的物品。

中间用作客厅的大房间布置得极为讲究。壁炉前放着一张檀木沙发，上面蒙的绿缎子已经磨旧。几张大理石面的桌子、两台辛格牌缝纫机、一个插着蒲苇的大花瓶——所有的东西都富丽堂皇。客厅里最重要的家具是一个带玻璃门的大橱柜，里面摆放着若干件珍宝古玩。阿梅莉亚小姐给这些收藏品增添了两件东西——一件是一颗水橡树的大橡实，另一件是一个小丝绒盒，里面放着两粒灰色的小石子。没事可干的时候，阿梅莉亚小姐会把这个丝绒盒拿出来，站在窗前，低头看着手掌里的两粒石子，脸上的表情很复杂，着迷、半信半疑和几分敬畏。那两粒石子是阿梅莉亚小姐身上的肾结石，几年前由奇霍的一位医生给她取出来的。那是一段可怕的经历，自始至终，到头来她只得到了两粒小石子。她当然要看重这些石子，不然的话就等于承认自己吃了大亏。所以她把它们保留下来。在利蒙表哥和她住的第二年，她把这两颗石子镶在了她送给他的表链上。她添加的另一件收藏，那颗大橡实对她尤为珍贵，不过每次看着它，她的表情总是既悲伤又有点困惑。

“阿梅莉亚，这东西有什么特别的意义吗？”利蒙表哥问她。

“喔，只是一颗橡实，”她回答说，“是老爹过世的那天下午我捡到的。”

“什么意思？”利蒙表哥追问道。

“我的意思是这只不过是那天我在地上看到的一颗橡实。我捡起来放进口袋里。不过我也不知道为什么要这么做。”

“这个原因也真够古怪的。”利蒙表哥说。

阿梅莉亚小姐和利蒙表哥在楼上房间聊天的次数不少，通常是在天刚亮的头几个小时里，驼子在这个时候总是睡不着。一般情况下，阿梅莉亚小姐是个沉默寡言的人，不会因为脑子里冒出个什么念头就信口胡言。不过还是有让她感兴趣的话题。所有这些话题有个共同点——它们都没完没了。她喜欢那些思考了几十年仍然得不到答案的问题。而利蒙表哥则是个话篓子，什么都能聊。他们聊天的方式也截然不同。阿梅莉亚小姐总爱不着边际、泛泛而谈，用一种低沉深思的嗓音说个没完，永远也结束不了。利蒙表哥会突然打断她，就某个细节喋喋不休地说起来，他说的哪怕不重要，但至少是实在的，而且与眼前的实际情况有关联。阿梅莉亚小姐感兴趣的话题包括：星球、黑人为什么是黑色的、治疗癌症的最佳方法等等。她父亲也是一个对她很重要的百说不厌的话题。

“天哪，”她会对利蒙表哥说，“那些日子我真贪睡。晚上刚点上灯我就上床了，一下子就睡着了——哇，我睡得昏昏沉沉，像是泡在温乎乎的机油里面。天亮了，老爹走进来，把手按在我的肩膀上。‘醒醒，小丫头。’他会说。等到炉子热起来了，他会朝楼上大叫：‘油炸玉米饼。’他会大叫：‘火鸡配肉汁。火腿加鸡蛋。’我会跑下楼，他在外面水泵那儿梳洗的时候，我在炉子边上穿好衣服。然后我们就去酒厂或是……”

“我们今天早晨吃的玉米饼不怎么样。”利蒙表哥说，“炸的时间太短，里面还是冷的。”

“当年老爹出酒的时候……”对话会没完没了，阿梅莉亚小姐的大长腿一直伸到壁炉的炉床前，因为利蒙表哥怕冷，不管冬天还是夏天壁炉里都生着火。利蒙表哥坐在她对面的一张矮椅子上，两只脚没有完全着地，上身通常裹着条毛毯或那条绿羊毛披肩。除了利蒙表哥，阿梅莉亚小姐没向任何人提起过自己的父亲。

这是她向他示爱的方式之一。她在最细微和最重大的事情上都很信任他。他知道她记载着威士忌酒桶埋藏地点的文件放在哪里。只有他可以拿到她的银行存折和古玩柜的钥匙。他从收银机里拿钱，一抓一大把，他喜欢听口袋里叮叮当当的钱币声。这里几乎所有的东西都归他所有了，因为只要他一不高兴，阿梅莉亚小姐就会找些礼物送他，以致她身边已经没有什么可以送他的东西了。她生活中唯一不想与利蒙表哥分享的东西就是她对自己十天婚姻的记忆。马尔文·梅西是一个他俩从未谈论过的话题。

让我们一笔带过这缓慢流逝的岁月，转眼来到利蒙表哥来到小镇六年后一个礼拜六的傍晚。那时正值八月，小镇的上方像是被一片火覆盖着，烧了整整一天。绿色暮光初露，带来一丝缓解。

街道上覆盖着一英寸厚的金色干土，小孩子们赤裸着上身跑来跑去，打着喷嚏、全身是汗，有点狂躁不安。纺织厂中午就停工了。大街边上住家里的人们坐在门前的台阶上，女人手里拿着蒲扇。阿梅莉亚小姐店铺门口有块招牌，上面写着“咖啡馆”三个大字。屋后的阳台很阴凉，利蒙表哥坐在格子型的阴影里摇着制冰淇淋机——他不时取出里面装盐和冰的碗，再取出搅拌器舔一舔，看看做好了没有。杰夫在厨房里做饭。这天一大早，阿梅莉亚小姐在前廊的墙上贴出了一个告示：“今晚——鸡肉饭——每份两毛。”咖啡馆已开始营业，阿梅莉亚小姐刚在办公室里处理完一些事情。八张桌子上都坐满了客人，机器钢琴叮叮咚咚地演奏着音乐。

靠近门的一个角落里，亨利·梅西坐在一个小孩子边上。他正喝着一杯酒，这对他来说极不寻常，因为他喝酒容易上头，喝完不是哭泣就是唱歌。他的脸色惨白，左眼神经质地不停地抽搐，他一焦虑就会这样。他不声不响地从侧面走进咖啡馆，别人和他打招呼他也不吭声。他身边的小孩是霍勒斯·韦尔斯家的，早晨就送过来了，让阿梅莉亚小姐为他治病。

阿梅莉亚小姐走出办公室时心情不错。她去厨房里关照了一下，手里捏着一个鸡屁股走进咖啡馆，那是她最爱吃的东西。她四下看了看，发现一切都井然有序，就走到角落里亨利·梅西坐的那张桌子跟前。她把椅子掉了个个儿，椅背朝前骑坐在椅子上，因为她还不打算吃晚饭，想借此打发掉这段时间。她工装裤的屁股口袋里有一瓶“止咳灵”，这是一种用威士忌、冰糖和一种秘传的药材配制的药水。阿梅莉亚小姐打开瓶盖，把瓶口对准孩子的嘴。她转过头来看亨利·梅西，看见他紧张地眨巴着左眼，便问道：

“你哪儿不舒服？”

亨利·梅西似乎想要说出一件难以启口的事情，不过，在盯着阿梅莉亚小姐的眼睛看了很久之后，他咽了一口唾沫，没说什么。

阿梅莉亚小姐转身去看她的病人。小孩子只有头露出桌面。他满脸通红，眼皮半睁半闭地耷拉着，嘴巴半张着。他大腿上长了个又硬又肿的大疖子，送到阿梅莉亚小姐这儿来开刀。不过阿梅莉亚小姐治疗儿童时一般采用特殊的方法，她不想看到他们经受疼痛、挣扎和担惊受怕。所以她把孩子留在这里一整天，给他吃甘草，不时喂他一点“止咳灵”，临近傍晚，她给他脖子上围了一条餐巾，让他吃得饱饱的。此刻他坐在桌子跟前，脑袋缓缓地从一边晃到另一边，有时，在他呼气的时候，会发出一两声疲惫的咕噜声。

咖啡馆里一阵骚动，阿梅莉亚小姐迅速地环视了一下。利蒙表哥进来了。驼子像每天晚上一样，趾高气扬地走进咖啡馆。走到房间的正中央后，他突然收住脚步，机灵地四下看了看，把身边的人掂量了一番，就当晚屋内的情形迅速调整好自己的情绪。

驼子擅长恶作剧。他爱看别人争吵，不用说一句话就能让别人互相打起来，手法之高明，简直不可思议。正是由于他，双胞胎雷尼为了一把折叠刀争吵了两年，从那以后他俩没说过一句话。里普·韦尔伯恩和罗伯特·卡尔弗特·黑尔大打出手的那一次他也在场。

实际上自从他来到了小镇，每场斗殴的场合里都少不了他。他四处打探，知道每一个人的隐私，没有一刻不在管闲事。然而，奇怪的是，尽管这样，驼子却是咖啡馆生意兴隆的最大功臣。只要有他在场，气氛就很活跃。当他走进来时，咖啡馆里的气氛总会突然紧张起来，因为多了这个好管闲事的人，谁都不知道什么会落到你的头上，也不知道房间里会突然发生什么事情。每当出现动乱或灾难的苗头时，人们总会感到从未有过的自由和无所顾忌的开心。所以一旦驼子走进咖啡馆，所有人都会扭过头来瞅瞅他，人群里迅速爆发出一阵聊天和打开瓶盖的声音。

利蒙表哥朝与梅里·瑞安和"卷毛"亨利·福特坐在一起的胖墩麦克费尔挥挥手。"今天我去罗滕湖钓鱼，"他说，"路上跨过一截像是倒在地上的树干。可就在跨过去的那一刹那，我感到有东西动了一下，我又看了一眼，发现胯下是条鳄鱼，有前门到厨房那么长，身子比一头猪还要粗。"

驼子唠唠叨叨说个没完。大家不时看他一眼，有人在留心他说的，其他人根本没有在听。有时候，他说的每一个字不是假话就是在吹牛。今晚他说的全是假话。他因为扁桃体发炎在床上躺了一整天，为了做冰激凌，快到傍晚才从床上爬起来。大家都知道这件事，可他仍然站在咖啡馆中间睁着眼睛说瞎话，自吹自擂，把别人的耳朵都磨出茧子来了。

阿梅莉亚小姐双手插在工装裤的口袋里，头侧向一边，看着他。她古怪的灰眼睛里有一丝温柔，兀自微笑着。偶尔，她会把目光从驼子身上移开，看一眼咖啡馆里其他的人——这时候她的表情是骄傲的，还带着一丝威胁，好像谁胆敢去指出驼子的愚蠢行为，她绝不善罢甘休。杰夫把已经盛在盘子里的晚餐端上来，咖啡馆里新购置的电扇吹出一阵阵惬意的凉风。

“小家伙睡着了。”亨利·梅西终于开口了。

阿梅莉亚小姐低头看了看身边的病人，平静了一下自己，好去处理手头的事情。孩子的下巴搁在桌边，嘴角挂着泡泡，不知是口水还是“止咳灵”。他的眼睛彻底闭上了，一小群小虫子安然停留在他眼角那儿。阿梅莉亚小姐把手放在他额头上，使劲摇了几下，可是病人并没有醒来。于是她把孩子从桌子边上抱起来，小心不去碰他腿上发炎的部位，走进自己的办公室。亨利·梅西跟在她身后，他们关上了办公室的门。

那天晚上利蒙表哥觉得有点无聊。没有什么有意思的事情，尽管天气炎热，咖啡馆顾客的心情都不错。“卷毛”亨利·福特和霍勒斯·韦尔斯坐在当中的一张桌子边上，搂着对方的肩膀，就某个冗长的笑话“咯咯咯”地笑个没完——可是驼子走到他们跟前后，仍然听不出个头绪，因为他没有听到故事的开头。月光照亮了满是尘土的小路，矮小的桃树黑乎乎的，纹丝不动——没有风。沼泽地里蚊子昏昏欲睡的嗡嗡声像宁静夜晚的回音。小镇漆黑一片，除了小路尽头靠右闪烁摇曳的灯光。黑暗中一个女人在用高亢狂野的嗓音唱着一首没头没尾的歌谣，她一遍又一遍地唱着那首只有三个音符的歌谣。驼子靠着前廊的栏杆站着，看着空旷的小路，像是期待着谁的到来。

他身后响起了脚步声，一个声音说道：“利蒙表哥，你的晚餐已经上桌了。”

“今晚我的胃口不太好。”驼子说，他一整天都在吃甜食，“我嘴里发酸。”

“随便吃一点吧，”阿梅莉亚小姐说，“鸡胸脯、鸡肝和鸡心。”

他们回到明亮的咖啡馆里，坐在了亨利·梅西边上。他们那张桌子是咖啡馆里最大的一张，上面放着一束插在可口可乐瓶子里的沼泽地里的百合。阿梅莉亚小姐已经处理完她的病人，她很满意自己的手术。办公室关着的门后只传出来几声睡意朦胧的呜咽，不等病人醒来担惊受怕，一切都已经结束了。此刻孩子正伏在他父亲的肩头，睡得死死的，小胳膊松松垮垮地垂在他父亲的背上，鼓起的脸蛋红彤彤的——他们正打算离开这里回家。

亨利·梅西仍然沉默不语。他小心翼翼地吃着东西，咽食物的时候不发出一点声音。他的胃口还不到利蒙表哥的三分之一，后者口口声声说自己没胃口，却吃了一盘又一盘。时不时地，亨利会抬头看一眼对面的阿梅莉亚小姐，但他还是没开口。

这是一个典型的礼拜六夜晚。一对乡下来的老夫妇手拉着手，在门口迟疑了一会儿，最后还是决定进到里面来。他们共同生活了那么久，那对老夫妻，以至于看上去非常相像，简直就像是一对双胞胎。他们深棕色的皮肤皱巴巴的，看上去像两颗行走的花生米。他们早早地离开了，到了午夜，大多数客人都走了。罗瑟·克莱因还在和梅里·瑞安下跳棋，胖墩麦克费尔手拿一瓶酒坐在桌旁（他老婆不让他在家里喝酒），在心平气和地与自己对话。亨利·梅西还没有走，这很不正常，因为他几乎总是天一黑就上床睡觉。阿梅莉亚小姐困得直打哈欠，但是利蒙表哥还很亢奋，她没有提议打烊关门。

终于，凌晨一点的时候，亨利·梅西抬头看着角落里的天花板，轻声对阿梅莉亚小姐说道："我今天收到一封信。"

阿梅莉亚小姐并没因此而大惊小怪，她经常收到各种商业信函和商品目录。

"我收到了我哥的一封信。"亨利·梅西说。

双手搭在后脑勺上，一直在咖啡馆里走着正步的驼子突然停住脚步。他总能迅速察觉出人群中异样的气氛。他扫了一眼房间里的每一张脸，等着。

阿梅莉亚小姐皱起眉头，握紧了右拳。"往下说。"她说。

"他获得了假释。他出狱了。"

阿梅莉亚小姐的脸黑得怕人，尽管晚上的气温很暖和，她却在发抖。胖墩麦克费尔和梅里·瑞安把跳棋推到一边。咖啡馆里极为安静。

"谁？"利蒙表哥问道，灰色的大耳朵仿佛长大了一点，立了起来，"什么？"

阿梅莉亚小姐使劲拍了一下桌子。"因为马尔文·梅西是个——"不过她的嗓音变嘶哑了，过了一会儿她才说道："他应该在监狱里待一辈子。"

"他干了什么？"利蒙表哥问道。

一阵漫长的沉默，没人知道该怎样回答这个问题。"他抢了三家加油站。"胖墩麦克费尔说。但是他的话听上去不完整，给人的感觉是还有一些罪行被隐瞒了。

驼子不耐烦了。他无法忍受自己置身于任何事物之外，哪怕那是个大灾难。他没听说过马尔文·梅西这个名字，不过这和任何一件别人知道而他不知道的事情一样，让他心痒难熬。比如，有谁提起了那个他来前就已拆毁的锯木厂，或是关于可怜的莫里斯·范因斯坦的随便一句话，或是对他来前发生的任何一件事情的回忆。除了这种天生的好奇心，驼子对抢劫和各种犯罪行为都怀有极大的兴趣。他绕着桌子趾高气扬地行走着，嘴里念叨着“假释”和“监狱”这几个词。不过尽管他不停地追问，还是没有问出什么来，因为没有人敢在咖啡馆里当着阿梅莉亚小姐的面提起马尔文·梅西。

“信里没说什么，”亨利·梅西说，“他没说他要去哪里。”

“哼！”阿梅莉亚小姐说，她的脸色仍然很严峻，非常晦暗，“他休想把他分了岔的蹄子踏上我的地盘。”

她把屁股下的椅子从桌旁推开，准备关店门。也许是想到了马尔文·梅西，有些担心，她把收银柜拖进了厨房并放在一个隐蔽的地方。亨利·梅西顺着黑漆漆的小路回家了。不过“卷毛”亨利·福特和梅里·瑞安在前廊逗留了一会儿。后来梅里·瑞安赌咒发誓，说他那天晚上就预感到了将来要发生的事情。不过镇上的人谁都不在意他说的，因为这是梅里·瑞安的老套路了。阿梅莉亚小姐和利蒙表哥在客厅里聊了一会儿。当驼子终于觉得自己可以睡着了，她帮他放下蚊帐，等着他做完祷告。然后她换上长睡袍，抽了两斗烟，过了很久才上床睡觉。

那年的秋天是段欢乐的时光。乡下的庄稼长势喜人，分岔瀑集市上烟草的价格一直很坚挺。经历了一个炎热的夏季后，最初几个凉爽的日子显得更加清新、明亮和甜美。土路边上长满了秋麒麟草；甘蔗熟了，透出了紫色。来自奇霍的客车每天运送几个这里的孩子去联合公立学校上学。男孩子在松林里猎狐狸，外面晾衣绳上晒着冬天要盖的棉被，地里种上了红薯，上面覆盖着干草，以抵御日后寒冷的天气。晚上，烟囱里炊烟袅袅，秋天的天空里挂着一轮橘黄色的圆月。没有比秋季头几个凉爽天更宁静的夜晚了，夜深的时候，要是没有风，从镇上就能听见经过社会市向北的火车发出的尖细汽笛声。

对阿梅莉亚小姐来说，这是一个极其忙碌的季节。她从黎明起就开始干活，直到太阳落山。她给酿酒厂做了一台新的更大的冷凝器，一个礼拜生产的烈酒就足够灌醉全县的人。她的老骡子碾了那么多的甘蔗，都转晕了；她用开水把广口瓶烫干净，用来存放梨子做的蜜饯。她急切地期盼着第一场霜降，因为她买了三头大肥猪，打算做一大批烤肉和大小香肠。

在这几个礼拜，很多人注意到阿梅莉亚小姐的一个新特征。她经常开怀大笑，笑声深沉洪亮，她的口哨吹得很活泼，优美花哨。她一直在测试自己的力量，举起重物，或用手指戳一戳自己的二头肌。有一天，她坐在打字机前写了一篇小说。小说里面有外国人、陷阱和数以百万的金钱。利蒙表哥总是和她待在一起，无所事事地跟在她身后。看着他的时候，她脸上的表情灿烂温柔，叫他名字的时候，她的声音里蕴含着爱恋。

第一场寒流终于到来了。一天早晨，阿梅莉亚小姐醒来后发现窗户玻璃上结了霜花，院子里的草地也镀上了一层银色。阿梅莉亚小姐把厨房的炉火烧旺之后，去门外观察天气。空气清冷，淡绿色的天空里没有一丝云。很快人们就从四乡里赶来，想知道阿梅莉亚小姐对天气的看法。她决定杀那头最大的猪，消息很快就传遍了四乡。猪杀好了，烤肉坑里用橡木燃起文火。后院里弥漫着热乎乎的猪血味和橡木的烟味，冬天的空气中回荡着杂乱的脚步声和清亮的说话声。阿梅莉亚小姐在四处走动，发号施令，不久，活儿就干得差不多了。

她那天要去奇霍处理一件特殊的事情。在确认一切都正常后，她发动起汽车，准备出发。她想让利蒙表哥跟她一起去，实际上，她前后和他说了七次，可是他不愿意离开眼前的热闹，想留下来。阿梅莉亚小姐似乎有点不高兴，因为她总想有他待在身边，而当她不得不出门时，会很想家。不过在问了七次以后，她不再劝他了。临行前她找了一根木棍，沿着烤肉坑画了一条很粗的线，距离烤肉坑大约两英尺，叮嘱他不要跨过这条线。吃完晚饭她就离开了，打算天黑前赶回来。

如今，从奇霍开来一辆卡车或小轿车，经过小镇去某个地方，已经不是件稀罕事了。每年税收大员都要下来和阿梅莉亚小姐这样的有钱人争执一番。如果镇上有人心血来潮，比如像梅里·瑞安这样的人，想贷款买辆汽车，或只预付三块钱，就搬回一台像在奇霍商店橱窗里做广告的那种高级电冰箱，这时就会有人从城里下来，问东问西，挑出他的一大堆问题，断送他想通过分期付款购物的可能。有时候，运送囚犯的车子会从小镇经过，特别是当他们在分岔瀑公路做苦工的时候。也经常有开车的人迷了路，停下来问路。所以那天傍晚一辆卡车开过纺织厂，在靠近咖啡馆的路边停下，并没有引起人们的特别注意。一个男人从卡车后车厢跳下来，卡车随即又开走了。

男人站在公路中间，四下看了看。他是个高个子，一头棕色的卷发，深蓝色的眼睛懒洋洋的。他的嘴唇红润，嘴巴半张着，露出漫不经心、爱吹牛的人脸上常见的那种微笑。这个男人穿着一件红衬衫，腰上系着一根压花宽皮带，手里拎着一只铁皮箱和一把吉他。镇上首先看见他的人是利蒙表哥，他听到了汽车换挡的声音，跑过来看个究竟。驼子从前廊角落探出脑袋，但没有把整个身体露出来。他和那个男人对视了一会儿，但这不是两个初次相遇、在迅速打量对方的陌生人的眼光。他们交换的是一种奇特的凝视，脸上的表情更像是两个认出了对方的罪犯。随后穿红衬衫的男子耸了耸左肩，转过身去。驼子脸色煞白地看着那个男人沿着小路往前走，过了一会儿，驼子开始小心翼翼地跟随着他，隔着好几步的距离。

马尔文·梅西回来了的消息立刻传遍了小镇。他先去了纺织厂，把胳膊懒洋洋地支在一个窗台上朝里面看。他喜欢看别人在辛苦工作，所有天生的懒鬼都爱这么做。纺织厂陷入了一种近似麻木的混乱。染色工离开了热气腾腾的染缸，纺纱工和编织工忘掉了自己操作的机器，就连胖墩麦克费尔，他是个工头，也不知道该干什么。马尔文·梅西仍然半张着潮湿的嘴巴微笑着，就连看见了自己的弟弟，也没有收起浮夸的表情。转完纺织厂后，马尔文·梅西去了他在里面长大的房子，把手提箱和吉他留在了前廊上。他绕着工厂的蓄水池转了一圈，看了看教堂、镇上的三家商店和其他的地方。驼子悄悄地跟在他的后面，保持着一定的距离，两只手插在口袋里，一张小脸还是煞白的。

天色已晚。血红的冬日正在下沉，西边的天空是一片暗金色和深红色。精疲力竭的雨燕飞回自己的窝里，家家户户亮起了灯火。不时飘来一阵烟味，还有咖啡馆背后烤肉坑里小火烤着的猪肉发出的温馨的浓郁香味。在镇上转了一圈之后，马尔文·梅西来到阿梅莉亚小姐的地盘，看到了前廊上的招牌。然后，一点也不顾忌是否非法闯入私宅，他穿过侧院来到后面。纺织厂传来一声细长寂寞的汽笛，上白班的工人下班了。很快，除了马尔文·梅西，阿梅莉亚小姐的后院里又多出了一些人——“卷毛”亨利·福特、梅里·瑞安、胖墩麦克费尔，还有一些站在地界外面朝里面张望的大人小孩。几乎没有人说话。马尔文·梅西独自站在烤肉坑的一边，其他人则挤在另一边。利蒙表哥站在一个离所有人都有一段距离的地方，他的眼睛一刻也没有离开过马尔文·梅西的脸。

“在监狱里过得还不错吧？”梅里·瑞安问完后“咯咯”地傻笑着。

马尔文·梅西没有回答。他从裤子屁股后面的口袋里掏出一把大折叠刀，慢慢打开，把刀刃在裤裆那里来回刮擦了几下。梅里·瑞安突然不吭声了，直接站到了胖墩麦克费尔宽阔的脊背后面。

阿梅莉亚小姐直到天快黑才回到家。还离得老远，人们就听见了她车子咔嗒咔嗒的声音，然后是关车门声和一阵磕碰声，好像她在把什么东西拖上前面的台阶。太阳已经落山，空气中弥漫着早冬黄昏蓝色的雾霭。阿梅莉亚小姐从屋后的台阶上缓缓走下来，聚集在后院里的人群安静地等待着。这个世界上几乎不存在敢和阿梅莉亚小姐作对的人，而她又对马尔文·梅西恨之入骨。大家都在等着她发出怒吼，抓起某个伤人的物件，把他一口气赶出小镇。刚开始她并没有看见马尔文·梅西，她脸上的表情很放松，像是在做梦一样，每当她从外面回到家里，脸上会自然而然地流露出这样的表情。

阿梅莉亚小姐一定是同时看见了马尔文·梅西和利蒙表哥。她从一个看到另一个，不过，她惊愕的目光最终没有定在那个监狱放出来的浪荡子身上。她，还有其他所有的人，都在看着利蒙表哥，而他的样子也确实值得一看。

驼子站在烤肉坑的头上，灰白的脸被闷烧着的橡木柔和的火光照亮。利蒙表哥有种奇特的本领，只要他想讨好谁，准会达到目的。他会一动不动地站着，只需稍微集中一下注意力，就可以扭动自己苍白的大耳朵，快得和容易得让人难以置信。每当他想从阿梅莉亚小姐那里索取点什么，总采用这个小把戏，这对她来说简直是无法抵御的。这时，站在那里的驼子的耳朵在疯狂地扭动，但是他并没看着阿梅莉亚小姐。驼子带着几乎绝望的哀求冲着马尔文·梅西微笑。刚开始，马尔文·梅西并没有注意到他，当他最终瞟到了驼子，眼神里却没有一丝欣赏。

“这个断了脊梁骨的哪儿不舒服？”他问道，并朝着驼子粗鲁地摆了摆拇指。

没有人回答。看见自己的把戏没有奏效，利蒙表哥使出了新招数。他翻动眼皮，看上去就像眼窝里困着两只灰色的蛾子，他用脚划着地面，双手在头顶上挥舞，最后竟跳起了像是碎步舞的舞蹈。在冬季下午最后一抹暗淡的光线下，他看上去就像沼泽地里的一头小怪兽。

马尔文·梅西是院子里唯一一个无动于衷的。

“这个矮冬瓜在抽风吧？”他问道，看见人家都不回答，他上前一步，给了利蒙表哥太阳穴一巴掌。驼子踉跄了一下，摔倒在地上。他坐起来，眼睛仍然看着马尔文·梅西，使出全身的力气，让两只耳朵凄凉地最后扭动了一下。

所有人都转过身来看着阿梅莉亚小姐，看她会采取什么行动。这些年来，哪怕利蒙表哥的一根头发也没人敢动一下，尽管很多人心里痒痒的。如果有谁和驼子说话时声音大了一点，阿梅莉亚小姐就会不准这个鲁莽的家伙赊账，而且事情过去很久后还会找他的麻烦。所以假如阿梅莉亚小姐现在抄起后院阳台上的斧头，把马尔文·梅西的脑袋一劈两半，也没有人会感到惊讶的。但是她并没有这么做。

有些时候阿梅莉亚小姐似乎会进入到一种恍惚状态。通常大家都知道起因，也很理解。由于阿梅莉亚小姐是一位出色的医生，她不会把沼泽地里的树根和其他没有亲自尝试过的药材碾碎，让初次登门的病人直接服用。每当发明了一种新药，她总是自己先尝试一下。她会服下很大剂量的药，在接下来的几天里一边沉思，一边在咖啡馆和砖墙厕所之间来回走动。经常的，当一阵剧烈的绞痛突然而至，她会站立不动，握紧拳头，一双怪眼盯着地面。她在努力分辨服下的药在对哪个器官起作用，最有可能治愈的病痛又是哪一种。现在她看着驼子和马尔文·梅西，脸上的表情就是这样的，像是在紧张地辨识体内的某个疼痛，尽管那天她并没有服用新药。

“这会给你一个教训，断了脊梁骨的东西。”马尔文·梅西说。

亨利·梅西把软软耷在额头前的有点花白的头发撩到脑后，紧张地干咳了几声。胖墩麦克费尔和梅里·瑞安两人拖着脚步来回走，站在外面的儿童和黑人大气都不敢出。马尔文·梅西合上他一直在裤子上刮擦的折叠刀，肆无忌惮地看了看身边的人，大摇大摆地走出了院子。烤肉坑里的余火渐渐变成像羽毛一样轻的灰白色灰烬，天完全黑下来了。

以上就是马尔文·梅西从监狱回到小镇的情形。镇上没有一个人乐意见到他，包括玛丽·黑尔太太，那个用爱和关怀把他抚养大的善良女人。这个老养母第一眼见到他时，手里的平底锅就掉到了地上，眼泪也随即涌了出来。但是没有什么能让马尔文·梅西感到内疚。他坐在黑尔家后面的台阶上，懒洋洋地拨弄着手里的吉他，晚饭做好后，他把家里的孩子推到一边，给自己盛上满满一大盘，尽管桌上的玉米饼和鸡肉还不够大家分的。吃完后，他在前面房间最暖和舒适的地方躺下，一觉睡到天亮，梦都不做一个。

那天晚上阿梅莉亚小姐的咖啡馆没有营业。她小心地锁好门窗，没人见到她和利蒙表哥，她房间里的油灯亮了一宿。

马尔文·梅西是带着坏运气回来的，一开始就是这样，这并不出乎大家所料。第二天天气突然闷热起来。一大清早空气就黏糊糊的，风里带着一股沼泽地里的腐臭味，工厂发绿的蓄水池上方密布着嗡嗡叫的蚊子。天气反常，比八月还要炎热，这种天气造成了极大的损失。因为几乎全县所有养猪的人家都学阿梅莉亚小姐，在一天前把猪杀了。这么热的天，做出来的香肠怎么能久放？没过几天，到处都是缓慢腐烂的猪肉散发出来的气味，还有因暴殄天物导致的沮丧气氛。更糟糕的是，靠近分岔瀑公路的一个家庭在团聚时吃了烤猪肉，全家人都死了。很显然他们吃了变质的猪肉——谁敢肯定其余的猪肉是安全的？人们既舍不得猪肉的美味，又害怕吃了会死，真是左右为难。那是一段浪费且混乱的时间。

而所有这一切的罪魁祸首，马尔文·梅西，却毫无羞耻心。无论你走到哪儿都能见到他。别人上班的时候，他在纺织厂里游荡，透过窗户朝里面张望。到了礼拜天，他穿上那件红衬衫，带着吉他招摇过市。他仍然很英俊——一头棕发，宽肩膀，嘴唇红润，但是他的邪恶早已家喻户晓，英俊的相貌一点也帮不上他。然而，他邪恶的名声不仅仅因为他犯下的罪行。没有错，他抢了三家加油站，在那之前曾经糟蹋了县里最温柔善良的姑娘，还把这些事拿出来说笑。很多罪恶行径都可以列在他的名下，不过除了这些罪行，他身上还带有一种阴鸷的气息，像气味一样粘在他身上。还有一件怪事——他从来不出汗，哪怕是在八月，这肯定是个值得深思的迹象。

现在镇上的人觉得他比以前更加危险了，他在亚特兰大蹲监狱的时候肯定学会了某种巫术，不然又怎么解释他对利蒙表哥的影响？自从第一眼见到马尔文·梅西，驼子就像被蛊惑了一样。他每时每刻都想着跟在这个囚犯的身后，用各种蠢到家的把戏吸引他的注意力。而马尔文不是对他恶狠狠的，就是根本没有注意到他。有时驼子会放弃，坐在前廊的栏杆上，像一只蜷缩在电话线上的病鸟，公开显露自己的悲伤。

“这究竟是为什么呀？”阿梅莉亚小姐会问他，灰色的斗鸡眼盯着他，拳头攥得紧紧的。

“噢，马尔文·梅西。”驼子呻吟了一声，说出这个名字就足以打乱他呜咽的节奏，他打起嗝来。“他去过亚特兰大。”

阿梅莉亚小姐会摇摇头，阴下脸来，脸上的肌肉有点僵硬。首先，她耐不下性子出门旅行，瞧不起那些在家里坐不住，跑去亚特兰大或去离家五十英里的地方看海的人。“去过亚特兰大有什么了不起的。”

“他蹲过监狱。”驼子说，痛苦的语调里带着渴望。

对于这样的羡慕，你又怎样与之争辩？困惑中的阿梅莉亚小姐都不知道自己在说什么了。“在监狱里待过，利蒙表哥？为什么？出门走那么一趟并不值得炫耀呀。”

在这几周里，所有人都在密切关注阿梅莉亚小姐的一举一动。她心不在焉地四处走动，神情冷漠，仿佛又坠入到绞痛引起的恍惚状态。出于某种原因，从马尔文·梅西回来后的第二天起，她就脱下了工装裤，每天穿着以前礼拜天、参加葬礼和上法庭才穿的红裙子。过了几周以后，她开始采取措施收拾残局。不过她的努力很令人费解。如果看见利蒙表哥跟着马尔文·梅西在镇上转悠让她痛苦，她为什么不一次性地把事情说清楚，告诉驼子如果他再和马尔文·梅西来往，她就把他扫地出门？这么做很简单呀，利蒙表哥不得不屈服于她，否则他将像丧家犬一样在世上游荡。但是阿梅莉亚小姐似乎丧失了意志力，她平生第一次在选择行动方案时出现了犹豫。而且，像大多数犹豫不决的人一样，她采取了最坏的行动——同时去做几件相互矛盾的事情。

咖啡馆每晚照常营业，而且，奇怪的是，每次马尔文·梅西大摇大摆地走进来，屁股后面总跟着驼子，她没有把他轰出去。她甚至免费给他酒喝，并对他极不自然地怪笑。与此同时，她在沼泽地里给他设下致命的陷阱，他要是落下去必死无疑。她让利蒙表哥邀请他来吃主日晚餐，然后想在他下楼梯的时候绊倒他。为了给利蒙表哥找乐子，她发动了一个大战役——精疲力竭地跑到很远的地方看各种表演；开车三十英里去参加野外文化讲习活动；带利蒙表哥去分岔瀑看游行。总而言之，这段时间里阿梅莉亚小姐心烦意乱。大多数人认为她在歧途上走得够远了，所有的人都在等着看结果。

天气又转凉了，寒冬降临小镇，没等工厂里最后一班工人下班，天就黑下来了。孩子们穿着所有的衣服睡觉，女人们撩起裙子的后摆，表情如痴如醉地靠着炉子烤火。下完雨后，地上的泥土冻成坚硬的冰辙，家家户户的窗户里闪烁着微弱的灯光。桃树只剩下光秃秃的树枝。黑暗、沉静的冬夜里，咖啡馆是小镇温暖的中心，隔着四分之一英里就能看见咖啡馆里明亮的灯光。房间后面的大铁炉烧得噼啪作响，炉身都烧红了。阿梅莉亚小姐给窗户装上了红窗帘，她还向一个路过的商贩买了一大束纸做的玫瑰，看上去像真花一样。

但是，咖啡馆在人们心中的地位不仅来自它的温暖、装潢和明亮的灯光。咖啡馆之所以对这个小镇如此珍贵，有其更深层的原因。这和本地人至今都没有意识到的一种自豪感有关。为了理解这种全新的自豪感，就要牢记人的一生其实很卑贱。虽然每家工厂里总是挤满了人，然而绝大多数的家庭都存在温饱问题。仅仅为了获得生存所需，生活就会成为一场昏暗而漫长的挣扎。然而有一点很让人琢磨不透：所有有用的东西都有一个价格，只有用钱才买得到，世界就是按照这个规则运转的。你想都不用想，就知道一捆棉花或一夸脱糖浆值多少钱。但是没有人给生命标价，对我们来说生命是免费获得的，取走时也不会付你一分钱。它到底值多少钱？如果你看看周围的人，有时候它好像不值几个钱。常常，你流了很多汗，辛苦了老半天，却不见有什么起色，这时你心里就会产生自己分文不值的感觉。

但是咖啡馆带给小镇的新自豪感几乎影响了所有的人，甚至连少年儿童也包括在内。因为你要是想进咖啡馆里坐坐，不必非得去吃顿晚餐或买杯酒。咖啡馆里有五分钱一瓶的冷饮料。假如你连那也买不起，阿梅莉亚小姐还卖一种草莓汁饮料，一分钱一杯，粉色的，很甜。几乎所有人，威林牧师除外，每个礼拜至少光顾咖啡馆一次。小孩子喜欢睡在别人家里，吃邻居家的饭菜。这样的场合下他们规规矩矩，有种自豪感。镇上的人坐在咖啡馆里时也具有相同的自豪感。他们把自己洗干净了才去阿梅莉亚小姐的小店，进门前先礼貌地在垫子上把鞋底擦干净。在那里，至少有几个钟头，那种在这个世上分文不值的苦涩感会减轻一点。

咖啡馆对单身汉、不幸的人和肺痨患者尤其有帮助。在这里不妨说一下，有理由怀疑利蒙表哥得了肺痨。他的灰眼睛亮得出奇，他固执、话多，还咳个不停，所有这些都是肺痨的症状。此外，一般认为脊梁弯曲和肺痨有关系。可是只要一说到这个话题，阿梅莉亚小姐就会火冒三丈，她会愤然否认这些症状，可同时她又会偷偷地用胸口热敷贴、“止咳灵”这类东西医治利蒙表哥。这个冬季驼子咳得更厉害了，甚至在大冷天也会出很多汗。不过这并不能阻止他跟踪马尔文·梅西。

每天一大早驼子就离开自己的住所，去黑尔太太家后门口苦苦等待，因为马尔文·梅西是个爱睡懒觉的家伙。驼子会站在那里小声呼唤，声音听起来就像耐心蹲在蚁蛉住的小洞边上的儿童，他们一边用扫帚上抽出来的干草往洞里捅，一边悲哀地呼唤：“蚁蛉，蚁蛉——飞走吧。蚁蛉太太，蚁蛉太太。出来吧，出来吧。你们家着火啦，孩子都烧死啦。”每天早晨驼子就用这样的嗓音——既悲伤又诱惑、温顺——呼唤马尔文·梅西的名字。马尔文·梅西起身出门后，他会跟着他在镇上转悠，有时他们会一起去沼泽地，一待就是好几个小时。

而阿梅莉亚小姐则还在做着最糟糕的事情，也就是同时尝试几个不同的方案。利蒙表哥出门时，她不喊他回来，只是站在大路中间孤寂地张望，直到他消失不见。几乎每一天的晚餐时分，马尔文·梅西和驼子都会现身咖啡馆，坐在她的那张桌子旁用餐。阿梅莉亚小姐打开梨子蜜饯，桌上阔气地摆放着火腿或鸡肉，大碗的玉米粥和冬豌豆。确实，曾有一次阿梅莉亚小姐想毒死马尔文·梅西，但是出了差错，盘子搞混了，她自己拿到了有毒的那一盘。尝到微微的苦味后，她立刻就明白了，那天她没吃晚饭。她斜靠在椅子上，看着马尔文·梅西，触摸着自己的肌肉。

马尔文·梅西每晚都来咖啡馆，坐在屋子中央那张最好最大的桌子边上。利蒙表哥给他端来烈酒，他不付一分钱。马尔文·梅西像赶走一只沼泽地里的蚊子一样把驼子赶到一边，他非但不感激驼子，如果驼子挡了他的道，他会随手给驼子一巴掌，或说："让开，断了脊梁骨的家伙，当心我把你的头发全薅光了。"每当出现这样的情况，阿梅莉亚小姐会从柜台后面走出来，非常慢地逼近马尔文·梅西，她的拳头握得紧紧的，红裙子的下摆怪里怪气地吊在瘦骨嶙峋的膝盖那里。马尔文·梅西也会握紧拳头，他俩慢慢腾腾，意味深长地绕着对方转圈。不过，尽管所有人都在屏住呼吸观看，什么都没有发生。决斗的时机还没有成熟。

这个冬天之所以被大家记住，至今还在被人谈论，还有一个特殊的原因。这期间发生了一件大事。一月二号人们醒来后发现，他们的世界完全变样了。天真的孩子看着窗外，不知道发生了什么，大哭起来。老人回忆往事，怎么也想不起来这里出现过类似的现象。因为夜里下了场大雪。在午夜过后漆黑的那几个小时里，朦胧的雪花轻轻飘落下来。黎明时分大地已被雪完全覆盖了，这场奇异的大雪堵住了教堂红宝石色的窗户，家家户户的屋顶都变白了。大雪让小镇看上去憔悴、凄凉。工厂附近的两室住房看上去脏兮兮，歪歪斜斜的，像是马上就要倒塌似的，不知道为什么，所有的东西都阴沉沉地萎缩了。但是雪本身有一种美，这里只有极少数的人领略过。雪花并不是纯白色的，像北方佬描述的那样，它含有柔和的蓝色和银色，天空则是微微泛亮的灰色。飘落的雪花让人感到梦一般的寂静——小镇何时有过这样的宁静？

人们对下雪的反应各不相同。阿梅莉亚小姐看着窗外，若有所思地翘动着光脚的趾头，攥紧了睡袍的领口。她在窗前站了一会儿，然后拉下百叶窗，把所有的窗户都拴上。她把整幢房子关得严严实实，点燃油灯，面对着一碗玉米面粥，枯着脸坐着。她这么做并非因为害怕下雪，只是她还不能对这个新事件形成一个即刻的见解，除非她确切地知道自己对某件事的看法（一般情况下她都会有），她宁可不去想它。在她一生中这个县从来没有下过雪，她从来没有想过下雪这件事。可是如果她接受了下雪这个事实，她不得不做出某个决定，而那些日子里让她分心的事情太多了。所以她在被油灯照亮的昏暗房间里走来走去，假装什么都没有发生。利蒙表哥则完全相反，他兴奋得像发了疯似的四处乱窜，阿梅莉亚小姐转身给他摆放早饭时，他溜出了家门。

马尔文·梅西则声称自己对下雪这件事再清楚不过了。他说他知道雪是什么，在亚特兰大时就看见过，那天他在镇上走路的样子，就像是拥有每一片雪花一样。他讥笑那些小心翼翼走出家门捧起一把雪来舔的小孩子。满脸怒容的威林牧师急匆匆地走在小路上，他在苦思冥想，想把这场大雪编进他礼拜天的布道中去。大多数人对于眼前的奇迹既谦卑又喜悦，他们小声说话，说“谢谢”和“请”的次数远多于需要。当然，少数几个性格懦弱的人情绪低落，喝得酩酊大醉——不过他们的人数很有限。对所有的人来说那是个特别的日子，很多人数了数钱包里的钱，计划晚上去咖啡馆。

利蒙表哥一整天都跟在马尔文·梅西的身后，支持他对雪的权威。他惊叹下雪和下雨不一样，盯着天空里像梦一样轻轻飘落的雪花，直到看得头晕眼花，脚底下都踉跄了。看到他沐浴在马尔文·梅西的光环下，一副得意洋洋的样子，很多人对他喊道：“‘哦嗬’，坐在车轮上的苍蝇说，‘看我掀起的尘土有多大。’”[①]

阿梅莉亚小姐本来没打算供应晚餐。可六点钟的时候，前廊上响起了脚步声，她小心地打开大门。原来是“卷毛”亨利·福特，尽管没有准备食物，她还是让他在桌旁坐下，给他倒了一杯酒。其他的人也来了。这个傍晚有点凄冷、寒意刺骨，尽管不再下雪了，但从松树林吹来的一阵阵风，把地上的细雪刮得满天飞扬。利蒙表哥直到天黑才和马尔文·梅西一起回来，拎着马尔

① 出自伊索寓言，讽刺借助他人耀武扬威的人。（书中注释为译者注）

文·梅西的铁皮箱和吉他。

“打算出门吗？”阿梅莉亚小姐急速地问道。

马尔文·梅西先在火炉跟前把自己烤暖和了，然后在自己的老位子上坐定，小心地削着一根小木棍。他用这根小木棍剔着牙齿，不时把木棍从嘴里拿出来，看看棍子的尖部，在外套的袖子上擦一擦。他懒得回答。

驼子看着柜台后面的阿梅莉亚小姐。他似乎很自信，脸上没有一丝恳求的意思。他把双手背在身后，自负地竖着耳朵。他脸上泛着潮红，眼睛发亮，他的衣服已经湿透了。“马尔文·梅西要跟我们住上一阵子。”他说。

阿梅莉亚小姐没有抗议。她只是从柜台后面走出来，在炉子跟前徘徊着，好像这条消息突然让她全身发寒。她烤身体后面时，不像大多数妇女在公共场合那样注意分寸，仅把裙子稍微往上提一两英寸。阿梅莉亚小姐不知道含蓄是什么，她经常像是忘记了房间里还有男人。此刻她站在那里烤火，红裙子撩得老高，谁要是有兴趣看，就能看到她壮实多毛的大腿。她的头转向一侧，一直在那里自言自语，点头，皱眉头。尽管她的话听不太清楚，但声音里带着责备和谴责的语气。与此同时，驼子和马尔文·梅西已经上楼了，去了放着蒲苇和两台缝纫机的客厅，去了阿梅莉亚小姐住了一辈子的私密房间。在楼下的咖啡馆里你就能听见他们在楼上弄出的磕碰声，打开行李箱，让马尔文·梅西安顿下来。

马尔文·梅西就是以这样的方式住进了阿梅莉亚小姐的家。刚开始，利蒙表哥把他的房间让给了马尔文·梅西，自己睡客厅的沙发。但是那场大雪对他的身体影响很大，他感冒了，后来又转成冬季扁桃体炎，阿梅莉亚小姐只好把她的床让给他睡。客厅里的沙发对她来说实在是太短了，她的两只脚都伸出了沙发，还经常从沙发上滚到地上。或许是缺乏睡眠模糊了她的头脑，她所做的每一件用来对付马尔文·梅西的事情都反弹到自己身上。她落入自己设下的圈套里，发现自己经常处在可怜兮兮的处境里。尽管这样，她仍没有把马尔文·梅西赶走，因为她害怕自己孤零零地留下。一旦你习惯了和别人一起生活，重新独自一人过日子会是一种巨大的折磨。时钟的滴答声突然停止后，燃烧着炉火的房间里的那种寂静，空房间里令人惶恐的影子——接受你的宿敌远比面对独自生活的恐惧要好得多。

雪没能停留多久。太阳出来了，不到两天小镇就又恢复了原来的样子。阿梅莉亚小姐等到每一片雪都融化了才打开大门。她做了一次大扫除，把所有东西都搬出来晒太阳。不过在那之前，她重新去院子里所做的第一件事，就是在那棵楝树最大的树杈上拴了一根绳子。在绳端绑了一个橘黄色的麻袋，里面塞满了沙子。这是她为自己做的拳击沙袋，从那天起她每天早晨都去院子里击打它。她已经是一个优秀的格斗手——虽然脚步略微有点迟滞，但精通各种灵巧的擒抱和挤压手法，足以弥补那方面的不足。

如前所述，阿梅莉亚小姐身高六英尺二英寸。马尔文·梅西要比她矮一英寸。两人体重相当，都接近一百六十磅。马尔文·梅西占着动作灵活的优势，胸部也比她结实。实际上从外表看他的胜算要高一些。然而几乎镇上所有人都赌阿梅莉亚小姐会赢，几乎没有人会把钱押在马尔文·梅西身上。镇上的人还记得阿梅莉亚小姐和分岔瀑那个企图欺骗她的律师之间的那场恶战。那位律师高大魁梧，可是等到他和阿梅莉亚小姐打完了，他只剩下一口气了。而且不仅仅是她的拳击才能给人留下了深刻的印象，她还能借助可怕的表情和凶狠的喊叫让敌人乱了方寸，有时连旁观者都会被她吓到。她很勇敢，坚持用沙袋练习，这一次她显然会取胜。所以大家对她充满信心，他们在等待。当然，没有人给这场决斗定下日期，只是这些迹象太明显了，谁都看得出来。

在此期间驼子走起路来总是趾高气扬的，一张小脸因开心挤成了一团。他用很多巧妙的小动作挑拨他们。为了引起马尔文·梅西的注意，驼子不停地拉扯他的裤腿。有时他走在阿梅莉亚小姐身后，不过和过去不同，现在他只是为了模仿她笨拙的大步子，他做出斗鸡眼，模仿她的姿势，让她显得像个怪物。他的所作所为太伤天害理了，连咖啡馆里像梅里·瑞安那样愚蠢的顾客也没有被他逗笑。只有马尔文·梅西扬起左边的嘴角，咯咯干笑几声。每当发生这样的事情，阿梅莉亚小姐会被两种情绪拉扯。她会用一种迷茫、凄凉的责备眼神看着驼子，然后咬牙切齿地转向马尔文·梅西。

“笑破你的肚皮！”她会恶狠狠地说。

而这时的马尔文·梅西很有可能会从椅子边上的地上拿起吉他。由于他的嘴里总含着太多的唾液，他的嗓音听上去湿漉漉和黏黏糊糊的。歌声像鳗鱼一样从他嗓子里慢慢滑出来。他强壮的手指灵巧地拨动着琴弦，唱的每首曲子既充满诱惑又使人恼怒。这往往超出了阿梅莉亚小姐的容忍度。

“笑破你的肚皮！”她会重复道，这回是在叫喊。

但是马尔文·梅西总用一个现成的答复回应她。他会捂住琴弦，止住颤动的余音，带着傲慢的神情，不慌不忙地回答道：

“你骂我的每一句话都反弹到你自己身上。哈哈哈哈！”

阿梅莉亚小姐只得束手无策地站着，因为还没有人发明一种解这个套的方法。她不能冲他叫骂，因为那些脏话会弹回到自己身上。他占了她的便宜，而她却束手无策。

日子就这样继续着。没有人知道那三个人夜里在楼上房间里都干些什么。不过每天晚上光顾咖啡馆的人倒是越来越多了，为此不得不添置了一张桌子。就连那个在沼泽地里隐居多年名叫雷纳·史密斯的疯子也听到了什么，一天晚上他从沼泽地里跑出来，透过窗户，看着明亮咖啡馆里的人群出神。每晚的高潮必定出现在阿梅莉亚小姐和马尔文·梅西握紧拳头，摆好进攻架势，眼睛瞪着对方的那一刻。通常，这样的对峙并不是由某个特别的争吵引起的，而是就那样很诡秘地发生了，借助于他们的某种本能吧。在这样的时刻咖啡馆会变得非常安静，你可以听见那束纸玫瑰在微风中的瑟瑟声。每天晚上他们对峙的时间都要比前一个晚上长一点。

决斗发生在土拨鼠节[①]，那是二月的第二天。天气很理想，既

① 每年的二月二日是美国传统的土拨鼠日。根据传说，在这一天冬眠的土拨鼠要醒过来，从洞里出来预测春天。如果土拨鼠能看到自己影子，就回洞里接着睡觉，因为春天还要再等六个星期才能到来。如果它看不到自己的影

没有下雨也没有出太阳，气温适中。好几种迹象表明这是指定的那一天，到了十点钟消息就传遍了全县。一大早阿梅莉亚小姐出去把练拳击的沙袋割了下来。马尔文·梅西坐在屋后的台阶上，两个膝盖间夹着一个装着猪油的铁皮罐，仔细地往腿和胳膊上抹猪油。一只胸脯血红的老鹰飞过小镇，在阿梅莉亚小姐房子的上方盘旋了两圈。咖啡馆里的桌椅被搬到后廊上，这样整个大房间都为决斗腾了出来。还有各种其他的迹象。阿梅莉亚小姐和马尔文·梅西午餐都吃了四份半生的烤肉，然后躺了一下午来储存力量。马尔文·梅西在楼上的大房间里休息，而阿梅莉亚小姐则在她办公室的那张长凳上躺平了。从她僵硬发白的脸上可以看出，对她来说一动不动地躺着什么都不做有多折磨人，但是她仍然像一具尸体一样安静地躺在那里，闭着眼睛，双手交叠着放在胸前。

利蒙表哥的这一天过得焦躁不安，他的小脸因兴奋而拉长了，绷得紧紧的。他给自己弄了一份中饭，带着中饭出门去找土拨鼠。不到一小时就回来了，中饭已经吃完了，说土拨鼠看到自己的影子了，往后将会有坏天气。后来，由于阿梅莉亚小姐和马尔文·梅西都在养精蓄锐，只剩下了他自己，他突然心血来潮，想去把前廊油漆一遍。这幢房子已有多年没有油漆了，实际上，天晓得它以前是否油漆过。利蒙表哥一阵忙活，他很快就把前廊的地板漆成了鲜亮的浅绿色。刷油漆是一件粗活，他粘了一身的油漆。如同他平时一贯的做法，没把地板漆完，他就去漆墙，一直

子，就说明春天不久就会来临。

漆到他够得到的高度，然后他站在一个大木箱上，又往上漆了一英尺。油漆用完后，地板的右边是鲜绿色的，墙上的油漆高低不平，利蒙表哥就丢下不管了。

他对自己油漆活的满意里面，透着一点孩子气。说到这里，不得不提到一件奇怪的事情。包括阿梅莉亚小姐在内，镇上没有一个人知道驼子的年纪到底有多大。有人坚持说他来到镇上的时候大约十二岁，还是个小孩子。其他人则坚信他早就超过四十岁了。他的眼睛是蓝色的，像儿童一样平静，但蓝眼睛下方皱起的淡紫色阴影却暗示着年岁。你根本无法从他拱起的畸形身躯上判断他的年龄。就连他的牙齿也没有透露半点线索——它们都还在嘴里长着（因为咬核桃断掉两颗），但是他吃了太多的甜食，牙齿全都发黄了，你无法确定这些牙齿是老年人的还是年轻人的。当被直接问到年龄时，驼子声称他一点也不知道——他不知道自己在世上活了多久，十年还是一百年！所以他的年龄始终是个谜。

利蒙表哥于下午五点半结束了他的油漆工作。天气变冷了一点，空气中有种潮湿的味道。风从松树林刮过来，窗户咯咯作响，一张旧报纸被风吹得在路上打滚，直到被一棵带尖刺的树勾住。人们从乡下赶来，孩子们的脑袋像刺一样从装满人的汽车里伸出来；拉车的老骡子像是在厌倦、辛酸地笑着，疲惫的眼睛半睁半闭，慢吞吞地朝前走着。从社会市来了三个小男孩。他们都穿着同样的人造纤维黄衬衫，帽子反着戴在头上。他们简直就像是三胞胎，不管是在斗鸡场还是野营的地方，都能见到他们的身影。六点钟，工厂拉响了下班的汽笛，人都到齐了。不用说，新来的人里面会有一些诸如地痞流氓和身份不明的人，尽管这样，人群还是非常安静。小镇被一种寂静笼罩着，渐淡的光线下，人们的面孔看上去很陌生。黑暗轻轻地袭来，有那么一阵，天空是清朗的淡黄色，衬托出教堂角楼阴暗清晰的轮廓，随后天空中的光亮渐渐消退，黑暗聚拢，形成了黑夜。

“七”是一个大家都喜欢的数字，而阿梅莉亚小姐尤其喜欢它。咽七口唾沫治打嗝，绕蓄水池跑七圈治疗颈痉挛，七滴“阿梅莉亚神奇驱虫剂”可以打掉肚子里的蛔虫。她的治疗方法几乎都和这个数字有联系。这是一个融合了各种可能性的数字，所有对神秘事件和魔法巫术感兴趣的人都很重视它。所以决斗将于七点开始。大家都知道这一点，并不是有谁宣布或提起过，而是一种心照不宣，就像知道下雨或沼泽地里的怪味是怎么回事一样。所以七点之前所有人都表情严肃地聚集在阿梅莉亚小姐房子的周围。最聪明的人进到咖啡馆里面，沿着墙根站成一排。其余的人则挤在前廊上或在院子里找个地方站着。

阿梅莉亚小姐和马尔文·梅西还没有露面。在办公室的长凳上休息了一个下午之后，阿梅莉亚小姐上楼去了。再看利蒙表哥，他就在你的眼皮底下转来转去，在人群中穿梭，神经质地打着响指，眨巴着眼睛。七点差一分，他挤进咖啡馆，爬到柜台上。所有的人都默不作声。

肯定是在之前做了安排。因为七点的钟声一敲响，阿梅莉亚小姐就出现在楼梯口。同一时刻马尔文·梅西也出现在咖啡馆的大门口，人群默默地为他让出一条路。他们不紧不慢地朝对方走去，他们的拳头已经握紧，眼神像是在梦游的人。阿梅莉亚小姐脱掉了红裙子，换回了工装裤，并把裤腿一直卷到膝盖处。她赤着脚，右手腕上戴着一个铁皮护腕。马尔文·梅西也卷起了裤腿，他光着上身，身上涂了厚厚的一层油，脚上穿着出狱时发给他的大皮鞋。胖墩麦克费尔从人群中走出来，用右手掌拍了拍他们的屁股口袋，确定双方都没有暗藏小刀。随后，灯火通明的咖啡馆被空出来的中央地带就剩下他们俩了。

没有人发信号，但两个人同时出击。两人的拳头都落在了对方的下巴上，阿梅莉亚小姐和马尔文·梅西的头都不由得猛然后仰了一下，两个人都有点踉跄。打出第一拳后，有那么几秒钟的时间，他们只在地板上移动脚步，变换位置，虚晃一拳打探对方的虚实。接下来，像两只野猫一样，他们突然扭作一团。击打声、喘息声和跺脚声混作一团。他们的动作快得让人看不清楚到底发生了什么。不过有一次阿梅莉亚小姐被甩了出去，她倒退了几步，踉踉跄跄，差点摔倒了；另一次马尔文·梅西肩膀上挨了一拳，身体像陀螺一样旋转起来。这场恶斗就这样凶猛地进行着，双方都没有落败的迹象。

在一场势均力敌的搏斗中，值得把注意力从混战中转移到观众的身上。人们尽量把后背贴紧墙壁。胖墩麦克费尔站在一个角落里，身体前倾，双膝微微弯曲，握紧拳头在助威，他嗓子里发出一种奇奇怪怪的声音。可怜的梅里·瑞安嘴巴张得太大，一只苍蝇飞了进去，没等梅里意识到就已经咽了下去。还有利蒙表哥——他真值得一看。驼子仍然站在柜台上，所以他站得比咖啡馆里所有的人都高。他的两只手搭在屁股上，大脑袋向前伸，两条小细腿弯着，所以膝盖向前凸出。他激动得忘乎所以地喊叫着，苍白的嘴唇在颤抖。

搏斗进行了大约半个小时，局势才有了变化。双方已经你来我往地挥出了上百拳，仍然分不出高低。这时，马尔文·梅西突然抓住了阿梅莉亚小姐的左胳膊，并把这条胳膊扭到了她的背后。她使劲挣脱，一把抱住了他的腰，真正的搏斗开始了。在这个县里摔跤是一种自然而然的搏斗方式，拳击毕竟动作太快了，而且需要思考和集中注意力。现在阿梅莉亚小姐和马尔文扭作了一团，观众也从眩晕中清醒过来，并往前靠近了一点。有那么一阵，搏斗双方肌肉贴着肌肉，胯骨抵着胯骨。一会儿往前，一会儿退后，一会儿向左，一会儿向右，就这样抡过来甩过去。马尔文·梅西还是不出汗，而阿梅莉亚小姐的工装裤已经湿透了，汗水多得顺着她的腿往下流，地板上到处是她的湿脚印。现在，考验的时刻来临了，在这个严峻的关头，阿梅莉亚小姐是更强壮的一方。马尔文·梅西身上抹了油，滑溜溜的，不容易抓牢，但是她的力气更大一些。渐渐地，她把他向后扳，一英寸一英寸地迫使他贴近地板。这情景真让人看得心惊胆战，他们粗重的喘息声是咖啡馆里唯一的声音。最终她放倒了他，翻身骑在他身上，两只强壮的大手卡住了他的脖子。

但是就在这一刻，就在这场搏斗眼看就要分出胜负的时候，咖啡馆里响起了一声刺耳的尖叫声，听得人们身上打起了一阵寒颤，寒意顺着脊梁往下走。当时到底发生了什么至今仍然是一个谜。全镇的人都见证了当时发生的事情，但是他们都怀疑自己亲眼看到的。因为利蒙表哥站的柜台距离咖啡馆中央的格斗者至少有十二英尺，然而就在阿梅莉亚小姐卡住马尔文·梅西脖子的那一瞬间，驼子向前一跃，像是长了一双鹰翅一样从空中飞过。他落在阿梅莉亚小姐宽阔结实的后背上，用他弯曲的小指头紧紧掐住她的脖子。

这之后是一片混乱。没等人群回过神来，阿梅莉亚小姐已被击倒。由于驼子，马尔文·梅西赢得了这场决斗，到头来阿梅莉亚小姐仰天躺倒在地板上，手臂摊开，一动不动。马尔文·梅西俯视着她，他的眼睛有点往外突，不过脸上仍然挂着平时那副半张半合的微笑。至于驼子，他突然消失不见了。或许他被自己的所作所为吓着了，也许他太开心了，想要独自庆祝一番。不管怎么说，他悄悄溜出咖啡馆，钻到后面的台阶底下去了。有人往阿梅莉亚小姐脸上泼了凉水，过了一阵，她慢慢站起来，歪歪倒倒地走进她的办公室。通过打开的门，人们可以看见她把头埋在臂弯里，上气不接下气地抽泣起来。有一次，她握紧右拳在办公桌上敲了三下，随后无力地松开拳头，手掌向上摊放在桌子上，一动也不动。胖墩麦克费尔上前关上了办公室的门。

人群很安静，人们一个接一个地离开了咖啡馆。骡子被叫醒，缰绳也松开了，汽车发动起来，社会市的三个男孩去别的地方闲逛去了。这不是一场可以在事后回顾和谈论的搏斗，人们回到家里，把被子往上一拉，蒙住自己的头。除了阿梅莉亚小姐的住处，小镇一片漆黑，而她那里的每个房间都亮着灯，通宵达旦。

马尔文·梅西和驼子肯定是在天亮前一小时左右离开小镇的。离开之前他们做了下列的事情：

他们打开藏珍宝的柜子，拿走了里面所有的东西。

他们砸坏了那架机器钢琴。

他们在咖啡馆的桌子上刻了许多污言秽语。

他们找到那块后盖可以打开，里面画着瀑布的金表，把它也拿走了。

他们往厨房地板上倒了一加仑的糖浆，把装着蜜饯的瓶子也打碎了。

他们去了沼泽地，把酿酒厂砸了个稀巴烂，捣毁了新买的冷凝器和冷却器，又放火烧掉了酒厂的棚子。

他们做了一盘阿梅莉亚小姐最爱吃的加了香肠的玉米糊，往里面放了足以毒死全县人的毒药，并把盘子诱人地放在咖啡馆的柜台上。

他们做了所有想得出来的破坏勾当，但没有闯进阿梅莉亚小姐在里面过夜的办公室。这之后他们一起离去了，这两个家伙。

阿梅莉亚小姐就这样被孤零零地遗弃在了小镇上。要是知道怎样能够帮助她，大家会这么做的，因为这个镇上的人只要有机会，多半会表现出善意。几个家庭主妇带着扫帚，探头探脑地跑过来，表示愿意帮忙收拾残局。但是阿梅莉亚小姐仅仅用失神的斗鸡眼看着她们，摇摇头。胖墩麦克费尔在出事后的第三天来买一小捆奎妮烟叶，阿梅莉亚小姐说一块钱一捆。突然，咖啡馆里所有东西的价格都涨到了一块钱。这是什么样的一个咖啡馆？而且，作为一名医生，她的行为也变得很古怪起来。过去那么多年里，她比奇霍的那位医生受欢迎得多。她从来没有折磨过病人，让他们戒掉烟酒之类的生活中不可缺少的东西。难得有那么一次，她或许会谨慎地告诫她的病人，不要吃油炸西瓜或类似的本来就没人愿意吃的食物。现在所有这些睿智的医道全都不见了。她毫不客气地告诉一半的病人他们会死掉，对剩下的一半则建议一些不着边际、折磨人的疗法，任何脑筋正常的人根本就不会予以考虑。

阿梅莉亚小姐任由自己的头发杂乱生长，头发在变白。她的脸也变长了，身上发达的肌肉萎缩了，直到像一个发疯的老处女一样干瘦。那对灰色的眼珠一天比一天靠得更近了，像是在相互寻找，彼此交换忧伤的眼神和孤寂的慰藉。她说出的话也很不中听，尖酸得不行。

只要有人提起驼子，她就会说上这么一句："哼！要是他落到我手上，我会把他的五脏掏出来喂猫！"倒不是那些话有多可怕，而是她说那些话的声音。她的声音失去了原有的活力，过去她提到"我嫁给的那个织机维修工"和其他仇敌时的那种复仇声调不见了。她的声音断续无力，像教堂里漏了风的风琴一样令人丧气。

三年里，每天晚上她都独自一人坐在屋前的台阶上，沉默无语地眺望着那条大路，等待着。但是驼子没有回来。有谣言说马尔文·梅西利用他翻窗盗窃，还有谣言说马尔文·梅西把他卖给了杂耍班子。不过这两则谣言都来自梅里·瑞安。他的话没一句是真的。到了第四年，阿梅莉亚小姐雇了一个奇霍的木匠，让他用木板把门窗钉上，从那时起她再也没有离开过那些门窗紧闭的房间。

是的，小镇很沉闷。八月的下午，空荡荡的大路被尘土染成了白色，头顶上的天空像玻璃一样耀眼。没有一样东西在移动，听不见儿童的声音，只有纺织厂传来的嗡嗡声。每过一个夏天，桃树似乎都比上一年扭曲得更加厉害了一些，树叶灰得发暗，生了病似的耷拉着。阿梅莉亚小姐的住房向右严重倾斜，彻底倒塌只是一个时间的问题，人们都小心地绕开那座院子走。镇上买不到好酒，最近的酿酒厂离这里有八英里的路程，而喝了这些烈酒的人肝上长出了花生米大小的肉瘤，还会做让他们内心恐惧的噩梦。小镇上绝对找不到一件可以做的事情。绕着蓄水池走几圈，停下来朝一根腐烂的树桩踢上两脚，想想能拿教堂路边的一个旧车轱辘做些什么。与其这样无聊，你还不如去分岔瀑公路听被铁链锁在一起的囚犯们唱歌。

十二个死囚犯

分岔瀑公路距离小镇三英里，被铁链锁在一起的囚犯们一直在这里干活。这是一条碎石子路，县政府决定把坑坑洼洼的路面修补平整，并把几处危险地段拓宽一些。苦役队由十二个男人组成，都穿着带黑白条纹的囚服，脚脖子被铁链锁住。有一个带枪的警卫，他的眼睛因强烈的日光而眯成了两条红色的细缝。苦役队从早干到晚，天一亮就挤在监狱的囚车里被送过来，又在八月灰蒙蒙的暮色中被囚车带回监狱。一整天都有铁镐掘地的声音，还有当头的烈日和汗臭味。每天都会有歌声。一个深沉的嗓音会起个头，只唱半句歌词，像是在提问。过了一会儿，另一个声音会加入进来，很快整个苦役队都唱了起来。金色阳光下的乐声是深色的，繁复地糅合在一起，既忧郁又欢快。歌声在不断膨胀，直到这歌声仿佛不是发自这十二个男人，而是发自大地本身或辽阔的天空。这是一种让人心胸开阔的乐曲，听众因狂喜和恐惧而全身发凉。随后，慢慢地，歌声会逐渐减弱，直到只剩下一个孤独的嗓音，接下来是一声沉重沙哑的喘息声，还有酷热的太阳和寂静中的铁镐声。

什么样的苦役队能唱出这样的歌声？只不过是十二个死囚犯，本县的七个黑人和五个白人青年。只不过是十二个待在一起的死囚犯。

神童

她走进客厅，装乐谱的书包磕碰着她穿着冬季厚袜子的小腿，另一只胳膊因抱着的教科书往下坠，她站住脚，倾听着教室里传出的声音。一串轻柔的钢琴和弦与小提琴的调音声。这时，比尔德巴赫先生用他厚重、带喉音的嗓音朝她喊道：

“是你吗，小蜜蜂？”

脱手套的时候，她看见自己的手指仍然按照早晨练习过的赋格曲在抽搐。“是的，”她回答道，“是我。”

“我是。”那个声音纠正道，“等一下。”

她能听见莱夫科维茨先生的说话声——他说出的单字像光滑、模糊的嗡嗡声。比起比尔德巴赫先生，她觉得，他的嗓音几乎像是女人的嗓音。她有点心神不定，注意力无法集中。她随手翻了翻带来的几何课本和 *Le Voyage de Monsieur Perrichon*①，然后把书放到了桌子上。她在沙发上坐下，把乐谱从书包里向外拿。她再

---

① 法语，《佩里松先生的旅行》，一部法国少儿文学作品。

次看见自己的手——手指上颤抖的筋脉，红肿的指尖上缠着卷曲、肮脏的胶布。这个景象加深了过去几个月里折磨着她的恐惧。

她不出声地嘀咕了几句来鼓励自己。上好这堂课——上好这堂课——就像从前那样。教室地板上响起了比尔德巴赫先生冷漠的脚步声，房门“嘎吱”一声打开了，她闭上了嘴巴。

有那么一阵，她有一种奇特的感觉，在她十五年人生的大部分时间里，她一直在寂静中观察从门后探出来的那张脸和肩膀，而那种寂静仅被微弱且单调的拨动小提琴琴弦的声音所打破。比尔德巴赫先生，她的老师，比尔德巴赫先生。牛角边框眼镜后面一双敏捷的眼睛；淡而稀疏的头发和其下方一张窄长的脸；饱满的嘴唇轻轻抿在一起，下嘴唇是粉色的，被牙齿咬得发亮；太阳穴处交叉的血管明显地跳动着，隔着房间就能看见。

“你是不是早到了一点？”他问道，瞟了一眼壁炉上方一个月前就停在十二点差五分的挂钟。“约瑟夫在这里。我们在排练他认识的一个人写的小奏鸣曲。”

“好啊，”她想挤出点笑容，“我听听。”她能设想自己的手指无力地陷入一排模糊的琴键里。她觉得很累，觉得要是他再多看她一会儿，她的手就可能会颤抖起来。

他犹豫不决地站在房间中间，使劲咬住自己发亮肿胀的嘴唇。“饿不饿，小蜜蜂？”他问道，“安娜做了苹果蛋糕，还有牛奶。”

“我上完课再吃吧，”她说，“谢谢。”

“上完一堂精彩的课之后，是吧？”他的笑容似乎从嘴角那儿消失了。

他身后的教室里传来一声响动，莱夫科维茨先生推开另一扇门，站在了他的身旁。

“弗朗西丝？”莱夫科维茨先生微笑着说，“曲子练得怎样了？”

莱夫科维茨先生总让她觉得自己臃肿和发育过早，然而他并非有意这样。他身材瘦小，没有拿着小提琴的时候总显得有点无精打采。他那平板犹太人面孔上的眉毛向上拱起，像是在提问，眼皮却倦怠冷漠地耷拉着。今天他似乎有点心不在焉。她看着他漫无目的地走进客厅，僵直的手指握住镶嵌着珍珠的琴弓，在一大块松香上不紧不慢地擦着琴弓上的白色马鬃。他的眼睛眯成两条明亮犀利的细缝，从领口垂落的亚麻布手绢把眼底的阴影衬托得更深了。

“我猜你最近进步很大。”莱夫科维茨先生微笑着说道，尽管她还没有回答他的上一个问题。

她看着比尔德巴赫先生。他转过身去，厚实的肩膀把门推得更开了。午后穿过教室窗户的阳光在落有灰尘的客厅里投下黄色的光柱。她能看见老师身后那架低矮的长钢琴、窗户和勃拉姆斯的半身塑像。

“没有，”她对莱夫科维茨先生说，“我弹得很糟糕。”她纤细的手指翻动着乐谱。“不知道怎么搞的。”她说，眼睛看着比尔德巴赫先生弯曲着的健壮后背，那个后背僵在那里，在听。

莱夫科维茨先生微笑着说道：“有时候会这样，要我说的话，一个人——”

教室里响起一个急促的和弦。“你看我们要不要赶紧把这个排练完了？”比尔德巴赫先生问道。

“马上就来。”莱夫科维茨先生说，朝教室门走去前他又擦了一下琴弓。她能看见他从钢琴上拿起小提琴。看见她在看他，他放下乐器，说：“你看到海梅的照片了吧？”

她的手指在书包的尖角处收紧了：“什么照片？”

“海梅《音乐信使》里的照片，就在桌子上放着呢。在内封上。”

小奏鸣曲开始了。尽管简单，却不怎么协调。空洞，但有一种鲜明的风格。她找到那本杂志，翻开来。

海梅就在那里——左边的角落上。他托着小提琴，手指勾住琴弦在拨奏。深色的哔叽灯笼裤在膝盖下方整齐地束住，上身穿一件毛衣，衣领翻开。一张很糟糕的照片。尽管是一张侧面照，他的眼睛却扭向了摄影者，而他的手指看起来像是会拨错弦。他似乎因转向摄影器材而感到别扭。他更瘦了，肚子不再凸出来，不过，过去的六个月里他的变化并不大。

海梅·伊斯拉埃尔斯基，才华横溢的年轻小提琴家，照片摄于老师位于河滨路的音乐室。即将十五岁的年轻大师伊斯拉埃尔斯基已受邀演奏贝多芬的协奏曲，与——

那天早晨，她从六点开始练琴，一直练到八点，这之后她爸爸逼着她和家人一起吃早饭。她讨厌早饭，吃了会不舒服。她宁可饿着，用她的二毛午餐钱买四根巧克力棒，上课的时候从口袋里掏出一小块，用手帕作掩护，放进嘴里慢慢咀嚼，锡纸发出哗啦声时立刻停下来。但是今天早晨她爸爸在她盘子里放了一个煎鸡蛋，而她知道如果煎蛋破了，黏糊的蛋黄流到蛋白上的话，她会哭的。结果还真的发生了。现在她又有了那样的感觉。她小心翼翼地把杂志放回到桌上，闭上了眼睛。

教室里的音乐似乎在强烈而又笨拙地诉求着某个无法得到的东西。过了一会儿，她的思绪从海梅、音乐会和那张照片上游离开来，再次萦绕在将要上的钢琴课上。她在沙发上移动位置，直到能看清楚教室里面——两人在演奏，眼睛瞟着放在钢琴上的乐谱，贪婪地汲取着乐谱上所有的东西。

她忘不了比尔德巴赫先生刚才看着她时的表情。盖住瘦骨嶙嶙的膝盖的两只手仍然下意识地随着那首赋格曲的旋律在抽搐。太累了，她真的太累了。还有一种眩晕和不断下沉的感觉，每当她练习过度，晚上入眠前常有这种感觉。就像那些疲惫的半醒着的梦，在她耳边嗡嗡作响，把她卷入一个不停旋转的空间。

神童——神童——神童。带着厚重德国发音的音节滚滚而出，震得她两耳轰鸣，随后减弱成一串细语。同时还有许多盘旋着的面孔。有的肿胀得变了形，有的缩成灰白的一小团——比尔德巴赫先生、比尔德巴赫太太、海梅、莱夫科维茨先生。一圈又一圈，围绕着带喉音的“神童”这个单词旋转。比尔德巴赫先生赫然出现在圆圈的中央，一副敦促的表情，其他的人则围绕着他旋转。

疯狂的乐句此起彼伏。她一直在练习的音符像一小把从楼梯上滚落的玻璃珠，在互相碰撞。巴赫、德彪西、普罗科菲耶夫、勃拉姆斯——与她疲惫身体上跟不上趟的脉搏以及那个嗡嗡作响的圆圈古怪地合上了拍子。

有时候，要是练琴不超过三个小时，或没去上学，她做的梦就不会那么混乱。音乐在脑子里清晰地飞扬，一些短暂精准的记忆碎片会重新出现，清晰得就像那张女里女气的《纯真年代》的照片，那是他俩联合演奏会结束后海梅送给她的。

神童——神童。十二岁的她第一次去他那里的时候，比尔德巴赫先生曾这样叫她。比她大的学生也跟着这么叫她。

不过他从来没有当面这么叫她。“小蜜蜂——”（她有一个很普通的美国名字，但是他从来不用，除非她犯了特别大的错误。）“小蜜蜂，”他会说，“我知道这肯定很难受。一天到晚顶着个糊里糊涂的大脑袋。可怜的小蜜蜂。”

比尔德巴赫先生的父亲是一名荷兰裔小提琴家。他母亲来自布拉格。他出生在这个国家，在德国度过自己的少年时代。她曾无数次希望自己不只在辛辛那提一个地方出生长大。“奶酪”用德语怎么说？比尔德巴赫先生，“我不明白你的意思”用荷兰语又怎么说？

第一次来教室，她凭着记忆弹完整部《匈牙利第二狂想曲》。笼罩着暮色的房间里灰蒙蒙的，还有他俯在钢琴上方的脸庞。

“我们重新开始，”那天他是那么说的，“这个——演奏音乐——不能只靠聪明。一个十二岁的小姑娘的手指展开超过一个八度——这并没有什么了不起。”

他用粗短的手指敲打着自己宽阔的胸脯和前额。“这里还有这里。你年龄足够大了，能够理解了。”他点燃一根烟，把第一口烟轻轻地吐在她头顶的上方。“练习——练习——练习。我们从巴赫的创意曲和舒曼的短曲开始。”他的双手又动作起来，这一次拉了一下她身后台灯的灯绳，然后指着乐谱说："我会示范给你看我希望你怎样练习。仔细听着。"

她在钢琴前面坐了几乎三个小时，已经累坏了。他深沉的嗓音听起来像是已在她体内迷失了很久。她想伸手触摸他指着乐句的肌肉绷紧的手指，触摸那个闪亮的金婚戒和他壮实多毛的手背。

礼拜二放学后和礼拜六下午她都有钢琴课。礼拜六的课程结束后她经常留下来，在这儿吃晚饭和过夜，第二天早晨再乘有轨电车回家。比尔德巴赫太太以一种平静到几乎麻木的方式关爱着她。和她丈夫大不同，她安静、肥胖、动作迟缓。只要不在厨房里做他两人都爱吃的丰盛饭菜，她似乎都在楼上的大床上待着，看杂志或带着似有似无的微笑坐在那里发愣。他们在德国结婚时她是个抒情歌手。她不再唱歌了（她说是因为嗓子出了问题）。每次他把她从厨房里叫出来，让她评价一个学生的演奏时，她总是微笑着用德文说：好，非常好。

弗朗西丝十三岁的时候，有一天她突然意识到比尔德巴赫夫妇没有孩子。这似乎有点奇怪。有一次，她正和比尔德巴赫太太待在后面的厨房里，他被一个学生激怒了，从琴房大步走过来。他妻子正站在炉子前，用勺子搅动锅里的浓汤。直到他伸手按住她的肩头，她才转过身来，安详地站着，而他则用胳膊搂着她，把严厉的面孔埋进她颈窝处白皙、松软的肉褶里。他们就那样一动不动地站着。随后他突然抬起头，脸上的怒容消失了，安静下来后的他面无表情地回到了教室。

开始和比尔德巴赫先生学琴后，她不再有时间和中学同学来往。海梅是她仅有的年纪相仿的朋友。他是莱夫科维茨先生的学生，在她上课的晚上会和莱夫科维茨先生一起来比尔德巴赫先生家。他们会听两位老师演奏，也经常一起排练室内乐——莫扎特的奏鸣曲或布洛赫[1]的音乐。

神童——神童。

海梅是个神童。他和她，那个时候。

海梅四岁就开始学拉小提琴。他不需要去上学。莱夫科维茨先生的哥哥（他是个瘸子）会在下午教他几何、欧洲历史和法语动词。到了十三岁，他的技巧已不比辛辛那提任何一位小提琴家差了，所有人都这么认为。不过拉小提琴肯定要比弹钢琴容易一些。她知道一定是这样的。

海梅身上总有一股灯芯绒裤子的气味，还有他吃的食物和松香的气味。而且一半的时间里，他手指关节周围总是脏兮兮的，衬衫袖子邋遢地从毛衣袖口露出来。他拉琴的时候她总是看着他的手——除了关节那儿，到处都是肉呼呼的，硬硬的小肉突从剪得短短的指甲下面鼓出来。拉弓的手腕上有像婴儿那样明显的肉褶。

无论是做梦还是醒着的时候，她都只能隐约记得那场演奏会的情景。直到过去了好几个月她才意识到演奏会并不成功。确实，报纸上对海梅的赞誉比对她的要多。不过他比她矮很多。他们一起站在台上时，他只到她肩膀那里。这在别人眼里就有了差别，她知道。而且与他们演奏的那首奏鸣曲也有关系，布洛特的作品。

---

① 埃内斯特·布洛赫（1880—1959），瑞士裔美国作曲家。

“不行，不行，我觉得不合适。”当有人建议用布洛特的乐曲作为音乐会的结束曲目时，比尔德巴赫先生说。“那个约翰·鲍威尔[①]的东西——《维多利亚奏鸣曲》。”

当时她并不明白，她跟莱夫科维茨先生和海梅一样，想要演奏布洛特的曲子。

比尔德巴赫先生让步了。后来，报纸上的评论文章说她缺乏演奏那种音乐的气质，说她的演奏太单薄，缺乏感情，她觉得自己上当了。

“那个老掉牙的东西，”比尔德巴赫先生朝着她拍打着报纸，“一点也不适合你。留给海梅和那些叫维茨和斯基的人吧。”

神童。不管报纸怎么说，他曾这么叫过她。

为什么那场演奏会上海梅的表现比她要好得多？有时候在学校里，她本应看着黑板前站着的人演算一道几何题，这个问题却像刀子一样绞着她的心。躺在床上时她也会因此无法入眠，甚至在她应该把注意力集中在钢琴上的时候仍会想到这个问题。这不仅仅是因为布洛特的曲子，以及她不是犹太人——不完全是。也不是因为海梅不需要去上学，很早就开始接受音乐训练。那又是——？

她一度以为自己知道原因。

“就弹这首幻想曲和赋格。”一年前的某天晚上比尔德巴赫先生这么要求她，在此之前他和莱夫科维茨先生一起阅读了一些乐谱。

① 约翰·鲍威尔（1882–1963），美国钢琴家、民族音乐学家和作曲家。

弹奏那首巴赫作品的过程中，她觉得自己发挥得非常好。透过眼角她能看到比尔德巴赫先生脸上安详、愉悦的表情，他放在椅子扶手上的手随着音乐的高潮抬起，高潮成功地过去后，那只手又满意松弛地垂落下来。曲子弹完后她站起身来，咽了口唾沫，放松一下像皮筋一样缠绕在她脖子和胸口上的音乐。

“弗朗西丝——”莱夫科维茨先生很突然地说。看着她的时候，他薄薄的嘴唇向上翘着，眼睛几乎被细巧的眼皮盖住了，“你知道巴赫有几个孩子吗？”

她转向他，有点困惑。“很多。二十几个吧。”

“那么——”他微笑的嘴角温柔地印刻在他苍白的脸上，“他就不可能那么冷冰冰的，对吧。”

比尔德巴赫先生不高兴了，他带喉音的漂亮德国话里冒出“神童”的“童”字。莱夫科维茨先生扬了扬眉毛。她很容易就察觉到了，不过仍然保持着茫然幼稚的表情。她并不觉得自己在欺骗谁，因为那是比尔德巴赫先生希望看到的表情。

然而这些仍然与此无关。至少没有太大的关系，因为她终将长大。比尔德巴赫先生懂得这一点，莱夫科维茨先生那么说也是无心的。

在梦里，比尔德巴赫先生的面孔逐渐显现，收缩到旋转着的圆圈的中心。嘴唇在轻轻地催促着，太阳穴处跳动的血管在坚持。

不过有些时候，在她上床睡觉之前，会有一些非常清晰的记忆，比如她把袜子上的一个破洞往下拉，这样就可以把它藏在鞋子里面。“小蜜蜂，小蜜蜂！”他会拿来比尔德巴赫太太的针线篮，教她怎样缝补，而不是把袜子皱成一团。

还有她初中毕业的那段时间。

“那你穿什么？”当她礼拜天在早餐桌上告诉他们她和同学练习迈正步走进礼堂时，比尔德巴赫太太问道。

“我表姐去年穿过的晚礼服。”

“啊——小蜜蜂！”他说，他厚实的双手捧着温暖的咖啡杯，抬头盯着她，带着笑意的眼角堆着皱纹。“我敢打赌我知道小蜜蜂需要什么——”

他固执己见。当她解释说自己一点都不在乎时他不相信。

“就像这样，安娜。”他说着把餐巾推过桌面，迈着碎步装模作样地走到房间的另一边，扭着臀部，在厚厚的玻璃眼镜片后面翻着白眼。

下一个礼拜六下午，上完课后，他带她去了市区的商场。女店员打开一匹匹布料，他的粗手指在薄如蝉翼的罗纱和窣窣作响的塔夫绸上滑过。他把不同颜色的布料举到她脸旁作比较，头歪向一侧，最终选择了粉红色。还有鞋子，他也没有忘记。他最喜欢那种白色的小山羊皮软底便鞋。她觉得这种鞋子是小老太婆穿的，鞋背上的红十字商标给人一种慈善的感觉。不过这些都不重要。当比尔德巴赫太太开始裁剪礼服，把布料别在她身上比试时，他中断了授课，站在一旁，建议在臀部和领口加些褶裥，肩膀处加一个别致的蔷薇花饰。那时音乐课进展顺利，衣服和毕业典礼之类的事情都不会影响到它。

除了把音乐固有的东西演奏出来，什么都不重要，把肯定存在于她身上的东西发掘出来，练习，练习，直到比尔德巴赫先生脸上的敦促表情消失不见。把蜜拉·海丝[①]、耶胡迪·梅纽因[②]，甚至海梅拥有的东西融入她的音乐。

四个月前她出了什么问题？弹出的音符轻率肤浅、没有生气。青春期吧，她心想。有些很有天分的孩子——像她一样，练着，练着，一件非常小的事情就会让他们痛哭流涕，为了把某个东西表现出来——内心渴望的东西——而心力交瘁，各种奇奇怪怪的事情都会发生。但不会是她！她就像海梅。她必须那样。她——

那种天赋肯定存在过，不会就那样轻易丢失了。神童……神童……他是这么说她的——一串确定、深沉的德语吐字。在梦里则更加深沉，更加确定。他的面孔渐渐显现，期待的乐句融入到那个在放大和不停旋转着的“神童神童”里面。

那天下午，比尔德巴赫先生没有像往常一样把莱夫科维茨先生送到门口。他待在钢琴边上，轻轻地按着一个琴键。弗朗西丝一边听，一边看着小提琴家用围巾裹好他苍白的脖子。

“海梅的那张照片拍得真好。”她拿起自己的乐谱，“两个月前

---

① 蜜拉·海丝（1890–1965），英国著名女钢琴家，少年成名。

② 耶胡迪·梅纽因（1916–1999），美国小提琴家和指挥家。幼年时就显露出过人的音乐天赋。七岁时，第一次公开露面，在旧金山交响乐团担任独奏小提琴手，被誉为“神童”。

我收到他的来信，告诉我他去听了施纳贝尔[①]和胡贝尔曼[②]的演奏，还提到了卡耐基音乐厅和在俄罗斯茶室吃的东西。”

为了拖延进教室的时间，她一直等到莱夫科维茨先生准备离开了。开门的时候她站在他身后。外面寒冷的空气一下子钻了进来。天渐渐暗了下来，空中弥漫着冬季昏黄的暮色。当弹回来的大门合上后，屋里似乎比此前更昏暗也更安静了。

她走进教室时，比尔德巴赫先生从钢琴边上站起身，一声不吭地看着她在钢琴前坐定。

“好吧，小蜜蜂，”他说，“今天下午我们重新开始，从头来。把过去几个月全部忘掉。”

他看上去像是在演电影，结实的身体前后摇摆着，搓着双手，甚至露出了满意的微笑，电影里的微笑。突然，他把这套举止抛在了一边，厚实的肩膀垂了下来，开始翻阅她带来的一沓乐谱。“巴赫——不行，还不是时候，”他喃喃自语道，“贝多芬？就是它，变奏曲。作品二十六号。”

琴键围住了她——坚硬、苍白、毫无生气。

“等一下。”他站在弧形的琴身旁，胳膊肘支在琴盖上，看着她，“今天我对你有点要求。这首奏鸣曲，这是你练习过的第一首

---

① 阿图尔·施纳贝尔（1882–1951），出生于奥地利的美籍古典钢琴家、作曲家。自幼对音乐就极有天赋。七岁开始学钢琴，第二年就举办演奏会。

② 布罗尼斯拉夫·胡贝尔曼（1882–1947），波兰小提琴家，被认为是最具个性和表现力的小提琴家。

贝多芬奏鸣曲。每一个音符都在你的能力范围之内——从技术上讲——除了音乐你什么都不要去想。这一刻只有音乐。那是你唯一需要考虑的。”

他翻阅她的乐谱本，直到找到了那首曲子，随后把他的教学椅拉到房间中间，把椅子转了个方向，骑坐在椅背上。

出于某种原因，她知道，他的这种姿势通常会对她的演奏产生好的效果。可是今天她觉得自己会用眼角观察他并受到影响。他的背僵硬地前倾，他的腿看起来很紧张，前面椅背上的那本厚厚的乐谱随时有掉下来的危险。“开始吧。”他说，朝她投去不容置疑的一瞥。

她的双手悬在琴键上方，随即落了下来。最初的几个音太重，接下来的乐句却干巴巴的。

他的一只手醒目地从乐谱上抬起来。“等一下！花一分钟想一想你在弹什么。开头是怎么标注的？”

“行——行板。”

“很好。那就别把它拖成柔板。而且按键要深。不要那样浅浅地一带而过。一个优美、深沉的行板——”

她又试了一次。她的手仿佛和她体内的音乐分离开了。

“听着，”他打断她，“哪个变化在主导整部乐曲？”

“哀歌。”她回答道。

“那就对它有所准备。这是一个行板，但不是你刚才弹的沙龙里的玩意。开始轻一点，轻声，在琶音开始前让曲子饱满起来。弹得温暖一点，戏剧化一点。还有这儿——标着柔声的地方，让复调旋律唱出来。这些你都懂。我们此前都练习过。现在开始弹。像贝多芬写它时那样去感受它。感受里面的悲剧性和压抑感。”

她没法抑制自己不去看他的手。这双手似乎只是暂时停留在乐谱上，只要她一开始弹奏，它们就会像休止符一样腾空而起，他戒指上的闪光在叫她停下来。“比尔德巴赫先生——也许我——如果你让我不间断地弹完第一变奏，我会弹得好一点。”

“我不会打断你的。”他说。

她苍白的面孔和琴键靠得太近了。她弹完了第一部分，得到他的首肯后开始弹奏第二部分。没有犯让她卡住的错误，但没等她把自己的感受放进去，乐句已从她的手指底下流了出来。

她弹完后，他从乐谱上抬起头，用率直的语气说：“我几乎听不到右手的和声填充。另外，顺便说一下，这部分应该表现出张力，逐渐展现第一部分隐含的预示。不过，接着弹下一部分吧。”

她想从被压抑的邪恶开始，逐步发展到一种深沉而饱满的悔恨。她的大脑告诉她应该这样。可是她的手指却像意大利通心面一样粘在了琴键上，而且也想象不出音乐本来的面目。

最后一个音符停止振动后，他合上乐谱，不慌不忙地从椅子上站起来。他左右移动着下巴颏。从他张开的嘴唇之间，她能瞟到通向他喉头的粉色健康通道，还有被烟熏黄的牙齿。他把贝多芬的奏鸣曲小心翼翼地放在其他乐谱的上面，并再次把胳膊肘支撑在光滑的黑色琴盖上。他看着她，简单地说了一句：“不行。”

她的嘴唇开始颤抖。“我没办法。我——”

突然，他绷紧嘴唇，做出一个微笑来。“听着，小蜜蜂，”他用一种全新的不自然的嗓音说道，“你还在弹《快乐的铁匠》吗？我让你别把它从你的常备曲目中删除的。”

“还在弹，”她说，“有时我会练习一下。”

他用平时对小孩子说话的声音说道：“那是我们最开始一起练习的一个曲子，还记得吧。过去你弹得多有力量，像一个真正的铁匠女儿。你看，小蜜蜂，我太了解你了，就像是我自己的女儿。我知道你有什么，我听你弹过那么多优美的曲子。过去你——”

他困惑地停了下来，从快被咬烂的烟蒂上吸了一口烟。烟从他粉红色的嘴唇冒出来，灰色的烟雾笼罩着她直直的头发和雅气的前额。

“弹得简单欢快一点。”他说，随后打开了她身后的台灯，从钢琴边后退了几步。

有那么一阵他站在灯光投出的明亮光圈的边缘，随后他冲动地蹲在了地上。“要有活力。”他说。

她无法不去看他。他坐在一只脚的后跟上，另一条腿前伸保持着身体的平衡，强壮大腿上的肌肉在裤子里面绷紧了，背挺得笔直，胳膊肘稳稳地支在膝盖上。“只想眼前，”他用多肉的手重复着一个动作，“想着那个铁匠，一整天都在阳光下工作。很放松，不受干扰。”

她无法低头看钢琴。灯光照亮了他伸出的手背上的汗毛，眼镜片在闪闪发光。

“拿出所有的一切，”他敦促道，“开始！”

她感到自己的骨髓被抽空了，身上一滴血也不剩。一个下午都在胸膛里狂跳的心脏刹那间停止了跳动。她想象它像一个牡蛎一样，收缩成灰不溜秋的一团。

他的面孔似乎从她前面的空间凸了出来，离她更近了，太阳穴处的血管在跳动。为了回避，她低头看着钢琴，她的嘴唇像果冻一样抖动着，泪水无声地涌了出来，白色的琴键模糊了。“我做不到，”她低声说道，“不知道怎么搞的，我就是做不到——再也做不到了。”

他紧张的身体松弛下来了，两手叉腰，站了起来。她死死抓住自己的乐谱，急急忙忙地从他身边走过。

她的外套。手套和胶鞋。课本和他作为生日礼物送给她的书包。安静的房间里所有属于她的东西。快——在他不得不开口说话之前。

经过门厅时她无法不注意到他的双手，向前伸着，身体靠着教室的门，放松，没有目的。大门牢牢地关上了。抱着书和书包，她跌跌撞撞地走下石头台阶，转错了方向，急匆匆地穿过混杂着噪音、脚踏车和玩耍儿童的街道。

赛马骑师

赛马骑师来到餐厅门口，停顿了一下，便走到一边，背靠着墙一动不动地站着。房间里很拥挤，因为是赛季的第三天，城里所有的旅馆都住满了。餐厅里，白色亚麻桌布上散落着八月玫瑰的花瓣，隔壁酒吧间里传出一阵阵兴奋、醉意盎然的喧闹声。骑师背靠着墙等着，眯着眼角带皱纹的眼睛仔细打量着房间，他巡视着餐厅，目光最终落在了斜对角的一张桌子上，桌旁坐着三个男人。看着他们的时候骑师抬起下巴，把头往后侧仰，矮小的身体绷直了，双手也僵硬起来，手指向里弯曲，像一对灰色的爪子，绷直的身体紧贴在墙上，他一边观察一边等待着。

那天晚上，他穿着一件绿色的中国丝绸外套，裁剪得十分合身，像一件儿童的外套那么大。衬衫是黄色的，领带上有淡色的条纹。他没戴帽子，湿漉漉的头发往前梳，直直地贴在额头上。他的面容灰白、憔悴，看不出年龄，太阳穴处有块凹陷的阴影，嘴上挂着一丝冷笑。过了一会儿，他意识到自己正在观察的三人中有一个看见了他。但骑师没有朝他点头，他只是把下巴抬得更高了，用僵硬的拇指勾住外套的口袋。

角落桌子边上坐着的三个人分别是赛马训练师、赌注经纪人和一个有钱人。训练师叫西尔维斯特——一个身上的肉松松垮垮的大块头，长着酒糟鼻子和一双迟钝的蓝眼睛。经纪人叫西蒙斯。有钱人是一匹名叫赛尔策的赛马的主人，那天下午骑师骑的就是那匹马。三个人在喝掺了苏打水的威士忌，一个穿白外套的侍者刚把晚餐的主菜端上来。

西尔维斯特是最先看见骑师的。他迅速地把头扭向一边，放下手中的威士忌酒杯，用大拇指神经质地按了按自己的红鼻头。“是比岑·巴洛，”他说，“就站在对面。在看我们呢。”

“哦，骑师。”有钱人说，他面对着墙，转过头来看他的身后，“叫他过来。”

“千万别叫。”西尔维斯特说。

“他疯了。”西蒙斯说。经纪人的嗓音平平的，没有起伏。他长着一张天生的赌徒面孔，经过精心调整的表情在恐惧与贪婪之间相持不下。

“嗯，我不完全这么认为，”西尔维斯特说，“我认识他很久了。直到六个月前他还没什么问题。不过要是一直这样下去，我觉得他坚持不了一年。我真是这么觉得。”

“是因为迈阿密的那件事。”西蒙斯说。

“什么事？”有钱人问。

西尔维斯特瞟了一眼对面的骑师，伸出红色多肉的舌头舔了舔嘴角。“一场事故。一个小家伙在赛道上受了伤。摔断了一条腿和胯骨。他是比岑特别要好的哥们。一个爱尔兰小家伙。也是个不错的骑手。”

“太可惜了。”有钱人说。

“是呀。他们是特别要好的朋友，”西尔维斯特说，“在比岑旅馆房间里总能见到他。他们要不玩纸牌，要不一起躺在地板上读报纸的体育版。”

“嗯，这种事情时有发生。”有钱人说。

西蒙斯在切牛排。他手里的叉子叉尖朝下，另一只手里的餐刀在把蘑菇小心地堆起来。“他疯了，”他重复道，“他让我身上起鸡皮疙瘩。”

餐厅里的桌子都坐满了，中间的大宴会桌上有一群人在聚会。绿白色的飞蛾想方设法飞进来，绕着明亮的烛光扑打着翅膀。两个穿法兰绒宽松裤和运动上衣的姑娘手挽着手，穿过餐厅走进酒吧。大街上传来节日喧哗的回声。

“他们号称八月的萨拉托加[①]是世界上人均最富裕的城市。”西尔维斯特转向有钱人，“你觉得呢？”

“我怎么知道。”有钱人说，“有可能吧。”

西蒙斯用食指指尖优雅地擦了擦油腻的嘴唇：“那好莱坞呢？还有华尔街——”

“等等，”西尔维斯特说，“他决定上这边来了。”

---

① 美国纽约州中东部的温泉疗养胜地，每年都要举行赛马。

骑师已经离开那面墙，朝角落的这张桌子走来。他昂首阔步，一本正经地朝这边走来，每迈出一步腿都要向外画出一个半圆，脚后跟潇洒地陷进红天鹅绒的地毯里。半路上他蹭到了宴会桌旁一位穿白绸缎的胖女士的手肘，他后退了一步，带着夸张的礼貌鞠了一个躬，眼睛几乎全闭上了。穿过房间后，他拉过一张椅子，在桌子的一角坐下，夹在西尔维斯特和有钱人的中间。他没有朝谁点头致意，板着的灰脸死气沉沉的。

"吃过晚餐了？"西尔维斯特问道。

"或许可以那么说吧。"骑师的嗓音高昂、尖刻、清晰。

西尔维斯特小心翼翼地把刀叉放在盘子上。有钱人在座位上移动了一下身体，侧过身来，双腿交叠起来。他穿着斜纹布的马裤、没有上油的靴子和一件破旧的棕色夹克——这是他在赛季白天晚上都穿在身上的行头，尽管从来没有人在马背上见到过他。西蒙斯继续吃他的晚餐。

"来点矿泉水？"西尔维斯特问道，"还是别的什么？"

骑师没有回答。他从口袋里掏出一个金烟盒，"啪"的一声打开。烟盒里有几根香烟和一把很小的金质折叠刀。他用刀把一根烟切成两半。点燃香烟后，他抬手叫住一个从桌旁经过的侍者："肯塔基波旁。"

"听着，孩子。"西尔维斯特说。

"别叫我孩子。"

"讲点规矩。你应该懂规矩吧。"

骑师左嘴角往上一扯，摆出一副夸张的嘲笑。他低头看了看桌上放着的饭菜，又迅速抬起头来。有钱人的面前是一盘奶汁烤鱼，上面点缀着欧芹。西尔维斯特点的是班尼迪克蛋。桌上还放着芦笋、涂了黄油的新鲜玉米和一盘黑橄榄。正对着骑师的桌角那里放着一盘炸薯条。他没有再朝食物看一眼，但眯起的眼睛却紧盯着桌子中央放着的那盆盛开的淡紫色玫瑰。“我想你们是不会记得一个叫麦圭尔的人了吧。”他说。

“嗨，听着。”西尔维斯特说。

侍者端来了威士忌，骑师用他结实、长着茧子的小手把玩着酒杯。他手腕上戴着的金手链和桌子边碰出细微的响声。把杯子在手掌里转了几圈后，骑师突然两大口喝完杯子里的威士忌。他猛地放下杯子。“不会，我想你们的记忆不会那么长，也记不住那么多的事情。”他说。

“的确是这样，比岑，”西尔维斯特说，“你今天怎么了？你听到那个孩子的消息了？”

“我收到一封信，”骑师说，“我们刚才谈到的这个人周三拆除了石膏。一条腿比另一条短了两英寸。就这些。”

西尔维斯特的舌头发出啧啧声，他摇了摇头：“我能理解你的感受。”

“你能？”骑师的眼睛看着桌上的盘子。他的目光从烤鱼扫到玉米，最后停在那盘炸薯条上。他的脸绷紧了，再次快速地抬起头。桌上的一朵玫瑰凋谢了，他捡起一片花瓣，用拇指和食指搓碎，放进嘴里。

“唉，这样的事情时有发生。”有钱人说。

训练师和经纪人已经吃完了，但他们盘子前面的公用盘子里还剩着一些食物。有钱人把他粘着黄油的手指伸进水杯里，又用餐巾擦了擦。

“好吧，”骑师说，“有没有人需要我把盘子传过去？或许你们还想再加点菜。再来一大块牛排，先生们，还是——”

“别这样，”西尔维斯特说，“讲点道理。你为什么不上楼去？”

“是呀，我干嘛不上去呢？”骑师说。

他一本正经的嗓音升得更高了，夹带着歇斯底里的嚎叫。

“我为什么不上楼去我该死的房间，转上几圈，写上几封信，然后像个好孩子那样上床睡觉？我为什么不——”他把屁股下面的椅子往后一推。“哦，蠢货，”他说，“你们这群蠢货。我要去喝杯酒。”

“我只能说你在葬送自己，”西尔维斯特说，“你知道你这么做的后果。你心里很清楚。”

骑师穿过餐厅走进酒吧。他要了一杯曼哈顿，西尔维斯特看见他脚后跟并拢站在那里，身体坚硬得像一个玩具锡兵，小指头从鸡尾酒的杯子上翘起来，慢慢地呷着杯子里的酒。

“他疯了，”西蒙斯说，“我早就说过了。”

西尔维斯特转向有钱人：“如果他吃下一块羊排，一个小时后你还能在他肚子上看到那块羊排的形状。他不再能够通过出汗把体内的东西消耗掉。他现在体重一百一十二磅半。我们离开迈阿密后他又重了三磅。”

“骑师不该喝酒。”有钱人说。

“食物不再像以前那样满足他了，而且他不能通过出汗把它们消耗掉。如果他吃下一块羊排，你能看见它在他胃里支楞着，就是不往下走。”

骑师喝完他的曼哈顿。他的喉头吞咽了一下，他用拇指碾碎杯底的一颗樱桃，把杯子推到一边。那两个穿运动上衣的姑娘面对面地站在他的左边，酒吧的另一头，两个马探子开启了一场世界上哪座山峰最高的争论。骑师用一张崭新的五十元钞票付了酒账，数都没数找给他的零钱。

他回到三个男人坐着的桌子旁边，不过他没有坐下来。“不。我不会去假设你们能记住那么多的事情。”他说。他的个头很矮，桌面几乎和他腰间的皮带一样高，他用瘦而结实的双手抓住桌角时都不用弯腰。“不会的，你们坐在餐厅里狼吞虎咽，正忙得不可开交呢。你们——”

“说实在的，”西尔维斯特恳求道，“你得合情合理一点。”

“合情合理！合情合理！”骑师发灰的脸在颤抖，随后固定成一种邪恶狰狞的笑。他摇晃着桌子，盘子叮当作响，有那么一阵他似乎要把桌子掀翻。但他突然停了下来。他把手伸向离他最近的盘子，不慌不忙地拿起几根炸薯条，塞进嘴巴里。他慢吞吞地嚼着，上嘴唇翘了起来，随后转身，把嘴里嚼烂的食物吐在平整的红地毯上。“浪荡公子。”他说，他的嗓音尖细破碎。他把这几个字放在嘴里慢慢转动着，仿佛它们是有滋味的，还具有带给他满足的实质性的东西。“你们这些浪荡公子。”他又说了一遍，然后转过身，迈着僵直的步子，大摇大摆地走出了餐厅。

西尔维斯特耸了耸一边有点松垮的肩膀。有钱人用餐巾吸了吸洒在桌布上的水，他们没有说话，直到侍者过来把桌子清理干净。

泽伦斯基夫人和芬兰国王

在布鲁克先生看来，泽伦斯基夫人接受赖德大学音乐系的教职，完全归功于作为系主任的他。学院对此则深感幸运：无论是作为教师还是作曲家，泽伦斯基夫人都是赫赫有名的。布鲁克先生主动承担了为她寻找住处的责任——一栋舒适的带花园的房子，在他自己住的公寓楼的隔壁，去学校也很方便。

泽伦斯基夫人来韦斯特布里奇之前，这里没人认识她。布鲁克先生曾在一本音乐杂志上看到过她的照片，他也曾就某件布克斯特胡德[①]手稿的真伪写信咨询过她。而且，当她做出加入音乐系的决定之后，他们还就一些具体事宜通过几封信和电报。她写的信字迹工整清晰，唯一不寻常的是信里偶尔会提到一些布鲁克先生完全不知道的人和事，诸如“里斯本的黄猫”或“可怜的海因里希”。对于这些疏忽，布鲁克先生把它归结于她和家人设法逃离

---

① 迪特里希·布克斯特胡德（1637–1707），巴洛克时期德国—丹麦裔作曲家及风琴手。

欧洲所导致的混淆。

从某种程度上说，布鲁克先生算得上是个淡泊的人；多年浸淫莫扎特小步舞曲，讲解降七和小三和弦给了他一种职业的警觉和耐心。多数情况下，他不喜欢议论别人。他厌恶学术界的客套和各式各样的委员会。多年前，当音乐系决定召集大家去萨尔茨堡[①]度夏，布鲁克先生在最后一刻逃脱了，独自一人去秘鲁旅行了一趟。他自己有些怪癖，也能够容忍别人的古怪行为。实际上，他觉得那些显得荒唐的事情更有意思。常常，在面临沉闷和僵持的场面时，他心里会感到一阵窃喜，温和的长脸绷紧了，灰色的眼睛也明亮起来。

秋季开学前的一个礼拜，布鲁克先生去韦斯特布里奇火车站接泽伦斯基夫人。他一下子就认出了她。一位个头很高、身材挺拔的女人，她脸色苍白，显得有点憔悴。她的眼底有深色的阴影，额头那里参差不齐的黑发向后梳。她的一双手大而精致，不过看上去很脏。她给人的整体感觉是高贵且深奥，这让布鲁克先生迟疑了一下，站在那里紧张地解开衬衣的袖扣。尽管她的衣着（一条黑长裙和一件破旧的皮夹克）很一般，却隐约给人一种优雅的感觉。泽伦斯基夫人带着三个男孩，年龄在六岁到十岁之间，全长着金发，他们眼神木然，但都很漂亮。还有一位老妇人，后来才知道她是位芬兰女佣。

这就是他在车站接到的那一伙人。他们仅有的行李是两大箱

---

① 奥地利共和国萨尔茨堡州的首府，是伟大作曲家莫扎特的故乡。

子手稿，其余的随身物品在斯普林菲尔德车站换车时弄丢了。这样的事情也在所难免。当布鲁克先生把他们全家塞进一辆计程车后，他以为最困难的部分已经过去了，可是泽伦斯基夫人却突然试图从他腿上跨过去下车。

“我的天哪，”她说，“我落下了我的——你怎么说那个？——我的滴答——滴答——滴答……”

“你的手表？”布鲁克先生问道。

“哦，不是！”她激动地说道，“你知道吧，我的滴答——滴答——滴答。”她把食指像钟摆一样从一边晃到另一边。

“滴答——滴答，”布鲁克先生嘴里说着，两只手摁住自己的脑门，闭上了眼睛，“你不会是在说节拍器吧？”

“是的，是的！我想我肯定是在换火车的时候把它弄丢了。”

布鲁克先生设法安抚住了她，他甚至豪气冲天地许诺说他明天就帮她找一个。不过与此同时他不免暗自嘀咕，一个人丢失了那么多的行李，却在为一个节拍器而大惊小怪，这未免有点蹊跷。

泽伦斯基全家搬进了布鲁克先生隔壁的那栋房子，表面上看一切都很正常。三个男孩都很文静。他们的名字分别是西格蒙特、鲍里斯和萨米。他们总待在一起，一个跟着一个排成一路纵队，领头的通常是西格蒙特。他们自己说着一种听上去很急切的家庭世界语，由俄语、法语、芬兰语、德语和英语混合而成。其他人在场时他们则出奇地安静。不过并不是泽伦斯基家的人说过或做过的某件事情让布鲁克先生感到不自在，而是一些不起眼的小事。

比如，和泽伦斯基家的男孩待在同一个房间里他会下意识地感到不安，最终他意识到引起他不安的是泽伦斯基家的男孩从来不走在地毯上，他们排成一队绕过地毯，走在光秃秃的地板上，如果一个房间里铺了地毯，他们则站在门口不进去。还有一件事，已经搬来好几个礼拜了，泽伦斯基夫人似乎没把心思花在布置房间上，除了一张桌子和几张床以外，没再添置其他家具。大门白天黑夜都敞开着，没过多久，这栋房子就呈现出被遗弃多年的老房子的那种诡异荒凉的模样。

而学院则对泽伦斯基夫人十二分地满意。她的教学狂热而执着。如果哪个玛丽·欧文或伯娜丁·史密斯把斯卡拉蒂颤音弹得不够清晰，她会勃然大怒。她从学校找来四架钢琴，安排四个晕头转向的学生同时弹奏巴赫的赋格曲。系里她那一头格外地喧嚣，但泽伦斯基夫人似乎缺根神经，完全不受噪音的影响，如果依靠纯粹的意愿和努力就能够理解一个音乐理念的话，那么赖德大学没有人比她做得更好。晚上，泽伦斯基夫人忙着谱写她的第十二交响曲。她似乎从来不睡觉，不管晚上什么时间，只要布鲁克先生从他客厅窗口向外张望，就能看见她工作室里亮着的灯。不，不是专业方面的考虑让布鲁克先生变得多疑起来。

直到十月下旬，他才第一次感到肯定有什么地方不对头。他和泽伦斯基夫人一起午餐，听完她对自己一九二八年的一次非洲狩猎之旅的详细描述，他的心情很不错。下午晚些时候，她经过他的办公室，在门口若有所思地停住脚。

布鲁克先生从办公桌上抬起头，问道："你有什么需要吗？"

“没有，谢谢你。”泽伦斯基夫人说。她的嗓音低沉、优美，带点忧郁，“我只是在想，你还记得那个节拍器吧，你觉得我会不会把它落在那个法国人那里了？”

“谁？”布鲁克先生问。

“呃，和我结过婚的那个法国人。”她回答道。

“法国人。”布鲁克先生和颜悦色地说。他试图想象泽伦斯基夫人的丈夫，可他的大脑拒绝配合。他半自言自语地说：“孩子们的父亲。”

“哦，不是，”泽伦斯基夫人毫不犹豫地说，“是萨米的父亲。”

布鲁克先生脑子里快速闪过一个预感，他最最深沉的本能警告他不要再说任何东西了。可是，他对次序的尊重以及他的良心迫使他开口问道：“另外两个孩子的父亲是？”

泽伦斯基夫人把一只手放在后脑勺上，搓揉着自己剪得很短的头发，一脸的迷惑，好一阵没有回答。后来她轻轻说道：“鲍里斯的是一个波兰人，吹短笛。”

“那西格蒙特呢？”他问道。布鲁克先生看了看自己井然有序的办公桌，上面放着一叠批改过的作业、三支削好的铅笔和象牙镇纸。他又抬头瞟了泽伦斯基夫人一眼，只见她在苦苦思索。她凝视着房间的角落，眉头紧锁，下巴从一边移动到另一边。最终她说道：“我们是在说西格蒙特的父亲吗？”

“哦，不用了，”布鲁克先生说，“没这个必要。”

泽伦斯基夫人用一种既有尊严又很决断的声音说道：“他是我的一个同胞。”

布鲁克先生真的一点也不在乎谁是谁的父亲。他是个没有偏见的人，就算你结过十七次婚，生了个中国孩子，都和他无关。但他和泽伦斯基夫人的这段交谈却让他感到困扰。突然，他明白是怎么回事了。那几个男孩看上去一点也不像泽伦斯基夫人，但他们彼此却非常相像，既然他们有不同的父亲，布鲁克先生觉得这种相像有点不可思议。

不过泽伦斯基夫人已经结束了这个话题。她拉上皮夹克的拉链，转身离去。

“就是落在那儿了，”她快速地点了点头，“那个法国人家里。”

音乐系的人事进展平稳，没有什么棘手的尴尬事件需要布鲁克先生处理，不像去年发生在竖琴老师身上的事情，她最终和一个修车工私奔了。只有泽伦斯基夫人让他多少有些担忧。他搞不清楚他和她的关系哪儿出了问题，也不知道为什么自己对她的感受会如此混乱。首先，她去过世界上无数的地方，交谈中她会牵强附会地添加一些夸诞的地方。她会一连好几天不开口说一句话，双手插在夹克口袋里，脸上挂着沉思冥想的表情在走廊里徘徊。可突然地，她会揪住布鲁克先生不放，发表一通情绪激昂的长篇独白，眼神鲁莽，炯炯发光，说话的声音热诚急迫。她的话往往没头没脑，但提到的每一段经历无一例外都有点怪异，像是被扭曲了。如果她说起带萨米去理发，给人的印象就像发生在另一个国度，好像她谈论的是在巴格达度过的一个下午。布鲁克先生有点摸不着头脑。

他是很突然地知道了事情的真相。真相的出现让一切都一目了然，至少是让情况变得明朗了。那天布鲁克先生回家较早，在客厅里生了火。这个傍晚他感觉舒适，心里很平静。他只穿着袜子坐在炉火前，身边小桌子上放着一本威廉·布莱克的诗集，他给自己斟了半杯杏子白兰地。晚上十点，他在炉火前惬意地打起盹来，脑子里满是马勒朦朦胧胧的乐句和一些飘渺的不完整的想法。处在恍惚状态的他脑子里突然冒出四个字："芬兰国王"。这几个字听起来耳熟，但刚开始他想不起来是从哪儿听来的，紧接着他一下子就找到了。那天下午他正从校园经过，泽伦斯基夫人叫住了他，又不知所云地胡扯起来。他心不在焉地听着，脑子里想着他教的对位课交上来的卡农作业。现在这几个字，还有当时她抑扬顿挫的声调，竟在不知不觉中异常清晰地重现在他脑海里，泽伦斯基夫人是这样开场的："一天，我正站在一家法式糕点店门前，芬兰国王坐着雪橇从那儿经过。"

布莱克先生在椅子里猛地坐直身体，放下手里的白兰地。这个女人是个病态的谎话精。她在课堂外面所说的每一个字几乎都是假的。如果她工作了一整夜，她会想方设法地告诉你她晚上出去看电影了。如果她在"老客栈"里吃的中饭，她肯定会说她在家里和孩子们一起吃的中饭。这个女人就是个病态的谎话精，这解释了所有的事情。

布鲁克先生扳着手指关节从椅子上站起来。他的第一个反应是愤怒。日复一日，泽伦斯基夫人竟敢坐在他的办公室里，用她的弥天大谎来淹没他！布鲁克先生被彻底激怒了，他在房间里来回走动，随后走进小厨房，给自己做了一个沙丁鱼三明治。

一小时以后，他再次在炉火前坐下，他的愤怒已转化成一种学者式的深思。他需要做的，他告诫自己，是不带个人感情地衡量整个局势，像医生对待病人那样对待泽伦斯基夫人。她的谎言不是狡诈的那种。她没有蓄意骗取什么，而且她从来没有用她的谎言来获得过利益。而最让人发狂的正是这个：没有任何动机的谎言。

布鲁克先生喝完杯中的白兰地。快到午夜的时候，他才慢慢地对此有了进一步的理解。泽伦斯基夫人说谎的原因既可怜又很单纯。泽伦斯基夫人一辈子都在工作——弹琴、教学和谱写那十二首漂亮庞大的交响曲。她日夜操劳，呕心沥血地工作，根本就没有精力去做其他事情。作为一个有血有肉的人，她深受其苦，只好尽量去弥补。假如她在图书馆伏案工作了一整晚，后来她会宣称自己那段时间里在打牌，就好像那两件事情她都做了一样。通过这些谎言，她间接地体验了生活。谎言把她工作之余渺小的存在扩大了一倍，拓展了她一丁点大的私人生活。

布鲁克先生看着火苗，泽伦斯基夫人的面孔出现在他的脑海里——一张严厉的脸，幽暗疲惫的眼睛，精致、训练有素的嘴巴。他意识到胸中流过的一股暖流，一种包括同情、保护和极度理解的情感。有那么一阵，他陷入到一种带有爱意的混乱状态之中。

稍后，他刷完牙并换上了睡衣。他必须面对现实。他究竟弄清楚了哪些问题？那个法国人、吹短笛的波兰人、巴格达？还有这些孩子，西格蒙特、鲍里斯和萨米，他们是什么人？他们真是她的孩子，还是她从哪儿捡来的？布鲁克先生把眼镜擦干净，放在床头柜上。他必须立刻弄清楚她的底细。不然的话，系里会出现状况，问题随时会恶化。现在是凌晨两点，他朝窗外瞟了一眼，看见泽伦斯基夫人工作室还亮着灯。布鲁克先生上了床，在黑暗中做了几个鬼脸，计划着他明天要说的话。

早晨八点布鲁克先生就来到了自己的办公室。他窝着背坐在办公桌后面，做好了泽伦斯基夫人从走廊经过时截住她的准备。他不用等多久，一听到她的脚步声他就大声喊出她的名字。

泽伦斯基夫人在走廊里停住脚步。她看上去有点恍惚，很疲惫的样子。“你还好吗？我昨晚休息得可好了。”

“请坐，如果您肯赏光的话。”布鲁克先生说，“我有几句话要和您说。”

泽伦斯基夫人把公文包往边上一放，疲倦地倚靠在他对面扶手椅的椅背上。“什么事？”她问道。

“昨天我经过校园时你和我说，”他慢悠悠地说道，“如果我没有记错的话，你提到过一家糕点店和芬兰国王。对不对？”

泽伦斯基夫人把头转向一边，像是在回忆，眼睛盯着窗台的一角。

“和一家糕点店有关。”他重复了一遍。

她疲惫的面孔明亮起来。“当然了，”她急切地说，“我告诉你当时我站在这家店的门口，芬兰国王——”

“泽伦斯基夫人！”布鲁克先生大声说道，“芬兰根本就没有国王。”

泽伦斯基夫人脸上一片茫然。随后，过了一会儿，她又说了起来：“当时我正站在‘比亚内糕点店’的门口，我从蛋糕上转过头，突然看见芬兰国王——”

“泽伦斯基夫人，我刚和你说了，芬兰根本就没有国王。”

“在赫尔辛基，”她再次绝望地说了起来，而他再次没让她的话越过“国王”这个词。

“芬兰是个民主国家，”他说，“你不可能见到过芬兰国王。所以说，你刚才说的不是真话。绝对不是真话。”

布鲁克先生这辈子都忘不了泽伦斯基夫人那一刻的表情。她眼中流露出惊讶、沮丧和被人逼入死角后的恐惧。她的样子就像一个人亲眼看见自己的内心世界在分崩离析。

“很遗憾。”布鲁克先生说，真心感到同情。

不过泽伦斯基夫人振作起来了。她昂起头，冷冷地说：“我是芬兰人。”

“这点我不怀疑。”布鲁克先生回答道。但转念一想，他确实有一点怀疑。

“我出生在芬兰，我是芬兰公民。”

“这很可能。”布鲁克先生提高了嗓门。

“战争期间，”她激昂地继续说道，“我骑一辆摩托车，我是一名信使。”

“你的爱国热情和这件事无关。”

“就因为我是第一批拿到允许离开的文件——”

“泽伦斯基夫人！”布鲁克先生说。他双手抓住桌边。“这是一个不相干的问题。关键是你坚持声称你见到了——你见到了——”但他无法把话说完。她脸上的表情制止了他。她脸色惨白，嘴巴周围有一圈阴影，眼睛睁得大大的，像是在劫难逃，但又傲然不屈。布鲁克先生突然觉得自己是个凶手。乱成一团的情感——理解、自责和不理智的爱恋——让他用双手捂住自己的脸。直到内心的激动平息下来后他才又能说出话来，他非常虚弱地说：“是的，那当然。芬兰国王。他很和蔼可亲吗？”

一小时以后，布鲁克先生坐在办公室里向窗外张望。安静的韦斯特布里奇大街路边树上的叶子几乎都掉光了，学院灰色的大楼看上去平静而忧伤。在他懒洋洋地打量这些熟悉的景色时，他注意到德雷克家的那条老艾尔谷犬正沿着街道蹒跚地朝前走。这是他此前见到过上百遍的景象，那为什么他会有一种奇怪的感觉呢？随后，他惊悚地意识到那条老狗是在倒退着跑。布鲁克先生盯着那条艾尔谷犬看着，直到它从视线里消失了，随后他回到手头的工作，批改对位课交上来的卡农作业。

旅居者

今天早晨，夹在睡着与醒来之间的朦胧场景是罗马的风光：水花飞溅的喷水池，拱起的狭窄街道，金黄璀璨的城市，到处是盛开的鲜花和被岁月风化的石头。有时，处在半清醒状态的他会旅居在巴黎，或是战时德国的废墟，或是瑞士滑雪胜地的一家白雪皑皑的旅馆里。有时候，又会在佐治亚州一块休耕的地里迎接狩猎的黎明。不过今天早晨，这个没有年代标记的梦境则是在罗马。

约翰·费里斯在纽约的一家旅馆里醒来。他有种预感，某件不愉快的事情正等着他——是什么，他并不知道。在被早晨要做的事情短暂搁置后，等他穿好衣服下楼，这种感觉仍然滞留在他心头。那是一个万里无云的秋日，淡淡的阳光从浅色摩天大楼之间斜切下来。费里斯走进隔壁的便利店，坐在最里面的小隔间里，紧挨着俯视人行道的玻璃窗。他要了一份美式早餐：炒蛋和猪肉肠。

费里斯从巴黎飞回佐治亚州老家，参加一周前在那里举行的他父亲的葬礼。死亡带给他的震撼让他意识到青春不再。他的发际线在不停地向后移，已经裸露出来的太阳穴上血管的跳动清晰可见，尽管他不算胖，肚子却开始鼓了起来。费里斯深爱他的父亲，他们的关系曾不同寻常地密切，但是岁月多少冲淡了这段亲情。尽管很久以前他就有心理准备，但父亲的死讯仍然让他出乎预料地惊愕和绝望。他尽量在家乡多住了一段日子，陪伴母亲和兄弟。他明天一早飞巴黎。

费里斯掏出地址簿核对一个号码。随着页面的翻动，他越来越专注了。纽约和欧洲国家首都的姓名地址、南部老家几个字迹模糊不清的名字。褪了色的、印刷体的姓名，酒后潦草的涂鸦。贝蒂·威尔斯：一个一夜情恋人，现在已经嫁人了。查理·威廉斯：在许特根森林战役[1]受了伤，从那以后就没了消息。老好人威廉斯：他活着还是死了？唐·沃克：电视界的名人，越来越有钱了。亨利·格林：战争结束后就一直在走下坡路，听说他现在在一家疗养院里待着。蔻姬·霍尔：听说她死了。爱笑的冒失鬼蔻姬：想到这么淘气的姑娘也会死，真觉得命运太奇怪了。合上地址簿后，费里斯有种不安全、世事无常和近乎畏惧的感觉。

就在那一刻他的身体忽然猛地一震。他正看着窗外，就在外面，人行道上，走过一个人。是他的前妻。伊丽莎白在离他很近的地方安静地走过，走得很慢。他不明白自己的心为什么狂跳不止，也不明白她走过后自己心里那种不顾一切和受到上帝恩惠的

① 第二次世界大战中，美军与德军在德国－比利时东部边境进行的一系列激烈战斗的统称。它是第二次世界大战中在德国本土进行的最长时间的战役，也是美国在其军事史上时间最长的战役。

感觉是怎么来的。

费里斯急忙付完账，冲出门来到人行道上。伊丽莎白站在街角等着穿过第五大道。他朝她快步走去，想和她打声招呼，但变灯了，他到达之前她已经穿过了马路。费里斯在后面跟随着。街对面的人行道上，他很容易就能追上她，但他却莫名其妙地放慢了脚步。她漂亮的棕发盘了起来，看着她的时候，费里斯想起他父亲的一个评语，他说伊丽莎白走起路来“婀娜多姿”。她在下一个路口转弯，尽管已经打消了追上她的念头，费里斯还是跟在她身后。费里斯质疑自己见到伊丽莎白后身体的反应：掌心出汗，心跳加快。

费里斯已有八年没见到他的前妻了。他很早就知道她已经再婚，也有了孩子。最近几年里他偶尔会想到她。但刚离婚那阵子，失落感几乎毁掉了他。后来，时间抹去了伤痛，他又开始恋爱了，一次又一次。眼下的是让尼娜。当然，他对前妻的爱早已结束了。那么身体上的错乱和精神上的动摇又是为什么呢？他只知道自己阴暗的心情和这个晴朗澄澈的秋日极不相称。费里斯猛地转身，迈开大步，几乎奔跑起来，他急匆匆地赶回了旅馆。

尽管还没到上午十一点，费里斯还是给自己倒了一杯酒。他精疲力竭地瘫坐在扶手椅上，慢慢呷着掺了水的波旁威士忌。明天一早就要飞巴黎，今天他有很多事情要做。他检查了一下自己需要做的事情：把行李送去法航办事处，跟老板一起午餐，买一双皮鞋和一件大衣。还有什么事情——不是还有件事情吗？费里斯喝完杯里的酒，打开了电话簿。

决定给前妻打电话是他一时的冲动。号码就列在她丈夫的姓氏贝利下面，他没给自己时间犹豫，拨通了电话。他和伊丽莎白会在圣诞节交换贺卡，收到她的结婚通告时，他曾寄去一套刀具。没有理由不打这个电话。不过他在等待，听着电话另一端铃声的时候，心里还是有点忐忑不安。

接电话的是伊丽莎白，她熟悉的声音对他来说是一种全新的震撼。他不得不把自己的名字重复了两遍，不过在认出他后，她听上去很高兴。他解释说他就在这里停留一天。他们晚上要去看场话剧，她说，不过她想知道他能否早点过来吃晚餐。费里斯说他非常乐意。

他一件接一件地处理着事务，时不时地，仍在担心自己是否忘记了某件要做的事情。快到傍晚的时候，费里斯洗了澡，换好衣服，在此期间他常常想起让尼娜。明晚他就将和她在一起了。“让尼娜，”他会说，“我在纽约的时候碰巧遇到了我的前妻。和她吃了晚饭，自然，还有她丈夫。过了那么多年后再次见到她，真有点奇怪。”

伊丽莎白住在东五十几街，乘计程车去上城途中，费里斯瞥见十字路口逗留的夕阳，不过等他赶到目的地，天已经黑了。那是一幢门前有遮雨棚和守门人的大楼，伊丽莎白的公寓在第七层。

“请进，费里斯先生。”

做好了面对伊丽莎白，甚至她难以想象的丈夫的准备，费里斯还是被眼前这个满脸雀斑的红头发男孩惊到了。他知道他们有孩子，可是他的大脑却未能接受他们。惊慌的他尴尬地后退了一步。

“这就是我们家，”男孩礼貌地说，“你是费里斯先生吧？我叫比利。进来呀。”

过道另一头的客厅里，那位丈夫给了他另一个震惊，同样，费里斯没有从感情上接受他。贝利是个举止从容、红头发的大块头。他站起身，伸手表示欢迎。

“我是比尔·贝利。很高兴见到你。伊丽莎白一会儿就到。她马上就要打扮好了。”

最后那句话激起了一片涟漪，往昔的记忆回来了。漂亮的伊丽莎白，沐浴前赤裸的粉色胴体，衣衫不整地坐在梳妆台前，梳着她细长的栗色秀发。甜美，漫不经心的亲昵，柔软迷人的身体。费里斯避开那些不由自主的回忆，强迫自己迎接比尔·贝利投来的目光。

“比利，你能把厨房桌子上的饮料托盘端过来吗？”

男孩立刻从命，他离开后费里斯应酬地评论说：“真是个听话的乖孩子。”

“我们也这么觉得。”

直到男孩端着放着酒杯和马提尼调酒器的托盘回来，沉默才被打破。在酒精的帮助下他们聊了起来。话题涉及俄罗斯、纽约的人工造雨，以及纽约和巴黎的租房情况。

“费里斯先生明天要飞过整片大洋哦。”贝利对小男孩说，男孩此刻正规规矩矩地坐在椅把手上，不出一声，“我敢打赌你想藏在他的箱子里做个偷渡客。”

比利把额头前松软的头发推到后面。“我要坐飞机，做一名像费里斯先生那样的记者。”他突然肯定地加了一句，“这就是我长大后要做的。”

贝利说：“我以为你要做一名医生呢。”

“我要做！”比利说，“两个我都要做。我也要做一个原子弹科学家。”

伊丽莎白抱着一个小女孩走了进来。

“哦，约翰！”她说着把小女孩放到了她父亲的腿上，“见到你真高兴。你能来我真的太开心了。”

小女孩端庄地坐在贝利的膝盖上。她穿着一件淡粉色的绉纱连衣裙，抵肩那里装饰着玫瑰花，淡色的柔软卷发被一条颜色般配的丝带束成一束。她的皮肤是夏季太阳晒过的颜色，棕色的眼睛闪烁着金光和笑意。当她伸手触摸她父亲的角质框架眼镜时，他把眼镜取下来，让她透过眼镜片看了一会儿。“我的老糖果怎么样？”

伊丽莎白非常地美，可能比他意识到的还要美。她笔直洁净的头发在闪亮，面庞柔软，光亮清澈。那是一种由家庭氛围产生的圣洁之美。

“你几乎没什么变化，”伊丽莎白说，“不过已经有些日子了。”

“八年了。”两人进一步互致问候的过程中，他下意识地摸了摸自己逐渐稀疏的头发。

费里斯突然发现自己成了一个旁观者——贝利一家人中的一个闯入者。他为什么要来？他在经受煎熬。他自己的人生犹如一根脆弱的柱子，如此地孤单，几乎支撑不起岁月残骸中的任何东西。他觉得自己无法再在这间客厅里待下去了。

他瞟了一眼自己的手表："你们要去剧场了吧？"

"真遗憾，"伊丽莎白说，"我们一个多月前就订好了票。不过，约翰，用不了多久你就会回来定居了吧。你没打算移居国外吧？"

"移居，"费里斯重复道，"我不喜欢这个词。"

"有更好的吗？"她问道。

他想了一会儿："也许可以用'旅居'这个词。"

费里斯再次瞟了一眼手表，伊丽莎白再次道歉道："要是我们早点知道——"

"我在这里只待一天。我也没料到我会回来。是这样的，老爸上个礼拜去世了。"

"费里斯老爸去世了？"

"是的，在约翰—霍普金斯医院。他病了快一年了。葬礼是在佐治亚州老家举行的。"

"哦，我真难过，约翰。我一直很喜欢费里斯老爸。"

小男孩从椅子后面绕出来，好看着母亲的脸。他问道："谁死了？"

费里斯没有注意到孩子的不安，他在想他父亲的死亡。他眼前又出现了铺着丝绒的棺材里直挺挺的遗体。尸体的皮肤被诡异地抹上了胭脂，而他熟悉的那双手交叠着放在撒满玫瑰花的身体上，显得特别大。回忆的画面消失了，费里斯被伊丽莎白平静的声音唤了回来。

"费里斯先生的父亲，比利。一个好人。你不认识他。"

“但是你为什么叫他费里斯老爸？”

贝利和伊丽莎白交换了一个窘迫的眼神。结果贝利回答了提问的男孩：“很久以前，”他说，“你母亲和费里斯先生结过婚。在你出生之前，很久以前的事了。”

“费里斯先生？”

小男孩瞪着眼睛看着费里斯，一副惊讶和难以置信的样子，而费里斯回看小男孩的目光也是难以置信的。难道他真的直呼过眼前这个陌生女人“伊丽莎白”？与她共度良宵时亲昵地叫她“奶油小鸭子”？他们曾共同生活，分享了大约一千个日日夜夜，而最终，在爱巢被一片片地拆毁后（嫉妒、酒精和金钱方面的争吵），重新又陷入到突然而至的孤独之中？

贝利对孩子们说：“该谁吃晚饭啦。走吧。”

“等一下爹地！妈妈和费里斯先生——我——”

比利不依不饶的眼睛——困惑中带着少许的敌意——让费里斯想起了另一个孩子的目光。那是让尼娜的小儿子——一个七岁的男孩，阴沉的小脸，膝盖骨凸出，费里斯尽量回避他，时常忘记他的存在。

“快点走！”贝利轻轻地把比利推向房门，“和大家道晚安，儿子。”

“晚安，费里斯先生，”他愤愤不平地加了一句，“我以为我要留下来吃蛋糕呢。”

“你吃完饭可以再过来吃蛋糕，”伊丽莎白说，“快跟爹地走，去吃你的晚饭。”

费里斯和伊丽莎白留下了。刚开始的几分钟里两人都沉默不语，气氛有点凝重。费里斯请求再给自己倒一杯酒，伊丽莎白把调酒器放到桌子上靠近他的一边。他看着那架三角钢琴，注意到架子上放着的乐谱。

“你弹得还像过去那么好听吗？”

“我还是很喜欢弹琴。”

“弹两首吧，伊丽莎白。”

伊丽莎白迅速起身。这是她为人和善的一面，只要有人邀请，她都欣然应允，从来不推诿拒绝。而此刻朝钢琴走去的她还多了份松了口气的感觉。

她以巴赫的前奏和赋格开始。前奏的色彩像清晨房间里的一块棱镜那样欢快多变。赋格的第一声部是一个单纯而孤独的宣告，它与第二声部反复交汇，在一个繁复的框架下重复着，多声部的乐曲，相互平行且宁静安详，庄严地缓缓流动。主旋律和另外两个声部交织在一起，无数精巧的装饰音——主旋律一会儿占据主导，一会儿被其他声部淹没，具有一种孤独者不畏惧融入整体的庄严气质。接近尾声时，音乐中的所有成分再次凝聚，对第一主题作最后一次辉煌的再现，最终，一个和弦宣告了乐曲的终结。费里斯把头靠在椅背上，闭上了眼睛。接下来的沉默被走廊尽头房间传来的一声清晰高亢的声音打破了。

“爹地，妈妈和费里斯先生怎么会是——”一扇门关上了。

琴声再次响起——这是什么音乐？不确定，但很熟悉，在他心里沉睡了很久的无忧无虑的旋律，开始向他倾诉另一段时光，另一个地方——这是伊丽莎白过去经常弹的曲子。精美的曲调唤醒了荒芜的记忆。费里斯迷失在对过去的向往、挣扎和矛盾的欲望之中。奇怪的是，这个触发他内心波涛的音乐，本身却那样地清澈安详。女佣的出现打断了这段如歌的旋律。

“贝利太太，晚餐已经准备好了。”

即便已在餐桌旁男女主人的中间入座，那首未演奏完的乐曲仍然影响着费里斯的情绪。他有点微醺了。

“*L' improvisation de la via humaine*[①],”他说，“没有什么能像一首未完成的歌那样让你觉得人生只不过是个即兴之作。或者说是一本旧地址簿。”

“地址簿？”贝利重复道。他无意打探，便很有礼貌地停了下来。

“你还是原来的那个大男孩，约翰尼。”伊丽莎白说，流露出一丝昔日的温柔。

那天的晚餐是南方风味的，都是他爱吃的菜。他们吃了炸鸡、玉米布丁和裹了厚厚一层糖浆的甘薯。晚餐期间，只要沉默的时间长了一点，伊丽莎白就会挑起话头。现在轮到费里斯说说让尼娜了。

“我去年秋天第一次见到让尼娜，差不多就是现在这个时节，在意大利。她是一名歌手，在罗马有一场演出。我们应该很快就会结婚。”

---

① 法语，意为“世事无常”。

那些话似乎很真实，不可避免的，费里斯刚开始都没有意识到自己是在说谎。他和让尼娜一年来从来就没有谈到过结婚。实际上，她还结着婚，和一个住在巴黎的白俄罗斯银行家，虽然两人已经分居了五年。不过现在更正那个谎话已经太晚了。伊丽莎白已经在说："知道这个真高兴。祝贺你，约翰尼。"

他想用真话来做些补救。"罗马的秋天真漂亮。温暖芬芳。"他补充道，"让尼娜有个七岁的小男孩。一个好奇、能说三种语言的小家伙。我们有时去杜伊勒里宫[1]玩。"

又是一个谎话。他只带那个男孩去过一次花园。那个面色蜡黄，短裤下面光着两条小细腿的外国小男孩在水泥池子里玩帆船，还骑了小马。男孩想去看木偶戏，但是时间来不及了，因为费里斯在斯克里布大饭店有个约会。他许诺男孩会再找一个下午带他去布袋木偶剧院。他只带瓦朗坦去过一次杜伊勒里宫。

房间里忽然一阵骚动。女佣端来一个白色奶油蛋糕，上面插着粉红色的蜡烛。孩子们穿着睡衣走进来。费里斯仍然不明白是怎么回事。

"生日快乐，约翰，"伊丽莎白说，"吹蜡烛。"

费里斯这才想起来今天是自己的生日。他吹了好几下才把蜡烛吹灭，空气中有股蜡烛燃烧的气味。费里斯三十八岁了。他太阳穴处的血管暗淡下来，脉动明显。

"你们该去剧场了。"

---

① 曾是法国的王宫，位于法国巴黎塞纳河右岸。1871 年被焚毁，现为公园。

费里斯为生日晚餐感谢了伊丽莎白，用词恰当地向大家道别。全家人把他送到门口。

天空中高挂着一弯月牙，月光洒在参差不齐、黑乎乎的摩天大楼上。街上刮着风，冷飕飕的。费里斯匆匆赶到第三大道，叫了一辆计程车。他带着离别甚至是永别的专注，仔细审视着夜里的这座城市。他感到孤独，期待着即将到来的航行。

第二天，他从空中俯瞰这座城市，它在阳光下闪闪发光，像玩具一样，很整齐。随后美国被抛在了身后，只剩下大西洋和远方的欧洲海岸。大海是乳白色的，在云层下方显得很温和。费里斯几乎一天都在打瞌睡，天快黑的时候，他又想起了伊丽莎白和前一晚的拜访。他怀着渴望、微微的嫉妒和无法解释的遗憾思念着置身于家人当中的伊丽莎白。他寻找着那个曾深深打动他的旋律，那首未完成的曲子。那个旋律在躲避他，他只记得曲子的韵律和几个不相干的音符。不过他倒是找到了伊丽莎白弹的那首赋格曲的第一声部，但它以嘲弄的方式颠倒了前后顺序，而且调性变成了小调。悬浮在大洋的上空，对世事无常和孤独的焦虑不再困扰他了，他平静地想到了父亲的死。晚餐时分飞机飞抵法国的海岸。

午夜时分，费里斯搭乘计程车穿过巴黎市。那是个多云的夜晚，薄雾把协和广场的灯光完全笼罩了。深夜小酒吧的灯光在潮湿的人行道上闪烁。和往常一样，经历了一次跨越大洋的飞行后，突然就从一块大陆来到另一块大陆上。早晨在纽约，此刻是午夜的巴黎。费里斯眼前闪过自己混乱无序的人生：一座座城市，短暂的爱情；还有时间，岁月险恶的滑奏，时间的流失总是这样。

“*Vite*！ *Vite*！”他惊恐地大声叫喊，“*Dépêchez-vous*。”①

瓦朗坦为他打开大门。小男孩穿着睡衣和一件已经小了的红睡袍，灰色的眼睛显得无精打采，费里斯从他身边走进公寓后，他立刻眨起了眼睛。

“*J'attends Maman*②。”

让尼娜在一家夜总会唱歌。她还有一小时才能到家。瓦朗坦接着画他的画，蹲着用蜡笔在地上铺着的纸上画画。费里斯低头看他画的画——一个弹班卓琴的人，边上气球形状的对话框里有几个音符和几条波浪线。

“我们下次再去杜伊勒里宫。”

男孩抬起头来，费里斯把他拉到自己的膝前。那个旋律，伊丽莎白没有弹完的曲子突然涌入他的大脑，这次他并没有刻意寻找，记忆却自动把它抛了出来。而这次带给他的只有认可和欢乐。

“让先生③，”男孩说，“你见到他了吗？”

费里斯糊涂了，他以为男孩说的是另一个孩子——那个长着雀斑，备受宠爱的男孩。“见到谁？瓦朗坦。”

“你佐治亚州死了的老爸。”男孩加了一句，“他还好吗？”

费里斯急切地说道：“我们要常去杜伊勒里宫。骑小马，我们要去布袋木偶剧院。我们要去看木偶剧，而且绝不再赶时间了。”

---

① 法语，意为“快！快！”，“快一点。”

② 法语，意为“我在等妈妈。”

③“让”是个很常见的名字，小男孩有可能记不住费里斯的英文名字。

“让先生，”瓦朗坦说，“布袋木偶剧院关门了。”

对虚度年华和死亡的确认让他再次感到恐惧。瓦朗坦，敏感且自信，仍然依偎在他的臂弯里。费里斯的脸庞触碰到了男孩柔嫩的小脸，感受到男孩纤细眼睫毛的拂刷，内心的绝望让他把男孩搂得更紧了，仿佛那个像他的爱一样变化莫测的情绪能够主宰时间的脉搏似的。

家庭困境

礼拜四下午马丁·梅多斯提早下班，以便赶上第一班直达通勤车回家。上车的时候，泥泞的街道上夕阳淡紫色的余晖正黯淡下来，不过等到大巴开出中城的车站，城市夜晚的灯光已经一片通明了。

每个礼拜四，女佣只上半天班，马丁希望尽早赶回家，因为过去一年里他妻子——怎么说呢，身体不太好。这个礼拜四他觉得特别累，生怕有哪个老乘客找他聊个没完，因此，他把头埋在报纸里，直到车子开过了乔治·华盛顿大桥。一旦上了西向的九号高速，马丁总有一种行程已经过半的感觉，他做了几次深呼吸，尽管大冷天里只有几缕气流穿过弥漫着烟雾的车厢，他深信自己在呼吸乡间的新鲜空气。往常车子开到这里时他会轻松起来，心情愉快地想着家里。可是这一年里，离家越近，他心里越是紧张，他并不希望行程就此结束。今晚马丁脸贴着窗户，看着窗外荒芜的田野和车子掠过的乡镇孤寂的灯光。月亮挂在空中，惨白的月光洒在黑暗的大地和残留的积雪上；在马丁的眼里，那天晚上的乡野似乎格外辽阔，还有点苍凉。离到站还差几分钟，他起身从架子上取下帽子，又把叠起的报纸塞进大衣口袋里，然后拉动了到站车铃。

他住的那幢房子和车站隔着一个街区，离河很近但不在岸边上；从客厅的窗户，你可以越过街道和对面的院子看到哈德逊河。房子建造得很现代，在这块狭窄的院子里显得有点过于白和过于新了。夏天，院子里的草柔软鲜亮，马丁精心照料着院子里的一块花圃和一个玫瑰花花架。但在寒冷、休耕的那几个月里，院子里一片荒凉，房子像是赤裸了一样。那天晚上，小房子里所有的房间都亮着灯，马丁快步走过门前的小路。上台阶前他停住脚步，挪开一辆挡道的小推车。

客厅里孩子们正聚精会神地玩着游戏，没有谁注意到大门打开了。马丁站在那里，看着那些平安、可爱的孩子。他们打开了柜子最下面的抽屉，把装扮圣诞树的东西取了出来。安迪居然把一串圣诞树小灯泡的插头插上了，客厅地毯上，发出红红绿绿灯光的小灯泡给人一种不合时令的节庆气氛。安迪正试图把那串发光的小灯泡从玛丽安娜的木马马背上拉过去。玛丽安娜坐在地上，正在把一个小天使的翅膀往下扯。孩子们看见他后，惊叫着表示欢迎。马丁把胖嘟嘟的小女儿一把甩上肩头，安迪扑过来抱住父亲的双腿。

“爹地，爹地，爹地！”

马丁小心地放下小女儿，又抱起安迪，把他像钟摆那样来回荡了几下。随后他捡起那串小灯泡。

“把这些东西拿出来干什么？帮我把它们放回抽屉去。不可以玩电灯插座。我不是和你说过吗？安迪，我可没和你开玩笑。”

六岁的男孩点点头，关上了抽屉。马丁摸了摸他柔软的头发，他的手在孩子瘦弱的后脖颈那儿停留了一会儿。

“晚饭吃过了吗，小南瓜？”

“疼死了。吐司是辣的。”

小女孩在地毯上摔倒了，她先是一惊，随后大哭起来。马丁扶起她，抱着她走进厨房。

“看，爹地，”安迪说，“吐司。”

艾米莉已把孩子们的晚餐放在了餐桌上，瓷砖面的餐桌上没铺桌布。桌上放着两个盘子，里面还剩着麦片粥和鸡蛋，还有两只盛牛奶的银色马克杯。一盘上面撒了肉桂粉的吐司，除了一片上有一个咬过的牙印，还没有人动过。马丁拿起咬过的那一片闻了闻，小心谨慎地咬了一小口。他随即把吐司丢进了垃圾桶。“呸，呸——什么玩意！”

艾米莉错把辣椒粉当成肉桂粉了。

“我像是烧着了，”安迪说，“喝水，跑到外面，张开嘴巴。玛丽安娜全部没吃。”

“一点没吃。”马丁更正道。他无助地站在那里，看着厨房的墙壁。“好吧，只能这样了，”他最终说道，“你们的妈妈呢？”

“她在上面你们的房间里。”

马丁把孩子留在厨房里，上楼去找妻子。他在门外站了一会儿，平息一下心中的怒火。他没有敲门，进门后随手关上了门。

艾米莉坐在舒适的房间靠窗的摇椅上。她端着一个平底玻璃杯正喝着什么，见他进来后，她慌忙把杯子放在摇椅后面的地板上。她的神态中混杂着迷乱和内疚，她想要用伪装的活泼加以掩饰。

“噢，马蒂！你已经到家了？时间过得真快。我正要下楼——”她摇摇晃晃地走向他，她的亲吻里带着很重的雪利酒味。发现他站在那里毫无反应，她后退了一步，神经质地咯咯笑了起来。

“你怎么了？怎么像理发店门口的灯柱似的站着不动。你哪儿不舒服吗？”

“我不舒服？”马丁弯腰从椅子后面的地板上捡起玻璃杯。“难道你不知道我有多厌恶，你这么做对我们大家有多不好吗？”

艾米莉用一种虚假轻佻的语气说了起来，对此他已经熟悉得不能再熟悉了。通常，在这样的场合她还会带上微微的英国口音，或许是模仿某个她欣赏的女演员。“我一点也不明白你在说什么。除非你是指我用来喝一丁点雪利酒的杯子吧。我只喝了还不到一指高——也许两指吧。我倒要问问你，这算是犯罪吗？我好好的。一点事没有。”

“谁都看得出来。”

去浴室的路上，艾米莉走得很谨慎。她打开水龙头，双手接住冷水往脸上泼了一点，又用浴巾的一角拍干脸上的水。她的五官精致，看上去很年轻，没有一点瑕疵。

“我正准备下楼做晚餐。”她踉跄了一下，扶住门框才稳住了自己。

“我来做晚饭。你待在楼上，我会把晚饭端上来。”

“我绝不会同意。有谁听说过这样的事情？”

“别这样。”马丁说。

“别碰我。我没事。我正要下楼——”

“听话。”

“听你奶奶的话吧。”

她朝门扑过去，但马丁抓住了她的胳膊。“我不想让孩子看见你这副模样。讲点道理。”

“模样！”艾米莉猛地挣脱自己的胳膊。她的嗓门因愤怒而提高了，“怎么，就因为我下午喝了一两杯雪利，你就想把我说成一个酒鬼？模样！哼，我一滴威士忌都不喝。你知道得很清楚。我不像谁在酒吧里猛灌烈酒。你就不能说点别的什么？我晚餐的时候连一杯鸡尾酒都不喝。我只不过有时喝上一点雪利。哼，我倒是要问问你，这有什么好丢脸的？模样！”

马丁搜肠刮肚想找出几句话来安抚妻子。“我们在这儿安安静静地吃个晚餐，就我们自己。做个乖女孩。”艾米莉在床边坐下，他打开门，急急忙忙地走了出去。“我一分钟就回来。”

在楼下忙着做晚餐的那会儿，他又琢磨起那个老问题——这个麻烦是怎么落到他家里的。他自己一向喜欢喝酒。还住在阿拉巴马州的时候，他们通常喝大杯的烈酒或鸡尾酒，觉得这是件很正常的事情。多年来，晚餐前他们通常要喝上一到两杯——可能还会喝第三杯。临睡前再来一大杯。节假日的前夕，他们一般会放开来喝一场，甚至有可能喝醉。不过对他来说喝酒只是一项花费，从来就不是什么问题。而随着家庭成员的增多，这项花费已经让他们难以承受了。直到公司调他去纽约工作以后，马丁这才明确地认识到他妻子喝得太多了。他发现她白天也在喝烈酒。

承认出了问题后，他试图分析问题的根源。从阿拉巴马搬来纽约多少打乱了她的生活节奏。她习惯了南方小镇温暖悠闲的氛围，以及亲戚和儿时朋友之间的走动，无法适应北方更严峻更寂寞的生活。做母亲的责任和家务活对她来说也过于繁重。她怀念巴黎市[①]。在这个郊区小镇上没有结交到朋友，平时只读一些杂志和凶杀小说，没有酒精的调剂，她的内心不够充实。

艾米莉暴露出来的无节制不知不觉中改变了马丁对她的最初印象。有时候，她会流露出无法解释的凶狠，以及酒精引发的不合时宜的勃然大怒。她用谎话掩饰自己的贪杯，用不引起怀疑的伎俩欺骗他。

还有就是一次事故。大约一年前的一天晚上，他下班回家，迎接他的是孩子们房间里传出的尖叫声。他看见艾米莉抱着刚洗完澡的婴儿，没穿衣服，身上湿漉漉的。婴儿被失手掉到地上了，她极为脆弱的小脑瓜磕到了桌子边，细软的头发里流出一道鲜血。艾米莉喝醉了，在啜泣。当马丁搂着受了伤的女儿时，那一刻她显得无比的珍贵，他的眼前出现了一副恐怖的未来景象。

第二天，玛丽安娜安好无事，艾米莉发誓再也不碰烈酒了。前几个礼拜她滴酒不沾，人却变得冷漠了，情绪也很低落。随后，慢慢地，她又喝上了，没喝威士忌或金酒，而是大量的啤酒或雪

---

① 这里的巴黎市是美国南部的一个小城市。

利酒，要不就是稀奇古怪的烈酒。一次，他偶然发现了一只装满薄荷甜酒空瓶子的帽盒。马丁找了一位可靠的帮佣，她很胜任这份管家工作。维尔吉也来自阿拉巴马，马丁一直不敢告诉艾米莉纽约帮佣的薪资标准。现在，艾米莉的酗酒已转入地下，在他到家之前就已经结束。通常，酒精对她的影响难以被察觉——动作迟钝或眼皮有点沉重。像肉桂－辣椒粉吐司那样不负责任的情况很少见，维尔吉在的时候马丁很放心。但尽管这样，他心里总潜伏着焦虑，担心不知哪天灾难就会威胁到他正常的生活。

“玛丽安娜！”马丁叫了一声，哪怕只是想到了那个事故，他也需要确认一下小女儿的安好。小女孩不再疼痛了，但对父亲来说她更加珍贵了。她和哥哥一起走进厨房。马丁继续准备晚餐。他打开一个汤罐头，往煎锅里放了两块猪排。随后他在桌旁坐下，把他的玛丽安娜放在膝盖上骑马。安迪一边看着他们，一边用手指头晃动着那颗已经松动了一个礼拜的牙齿。

“小糖人安迪！”马丁说，“那个老东西还在你嘴里待着？过来，让爹地看看。”

“我用一根线把它拔出来。”男孩从口袋里掏出一根乱成一团的线，“维尔吉说把线的一头拴在牙齿上，另一头拴在门把手上，把门猛地一关。”

马丁掏出一条干净手帕，小心地试了试那颗松动的牙齿。“这颗牙齿今晚就会从我家安迪的嘴巴里跑出来。不然的话，我担心家里会长出一棵牙齿树。”

“一棵什么？”

"牙齿树，"马丁说，"你咬东西的时候会把那颗牙齿吞下去。那颗牙齿会在可怜的安迪肚子里生根发芽，长成一棵牙齿树，树上长的不是树叶，而是尖尖的小牙齿。"

"嘘，爹地。"安迪用他又小又脏的拇指和食指死死抓住那颗牙齿。"根本就没有那种树，我从来就没有见到过。"

"根本就没有那种树，我从来就没有见到过。"

马丁一下子紧张起来。艾米莉正在下楼梯。他听到她跌跌撞撞的脚步声，担心地用胳膊搂着小男孩。艾米莉走进房间后，他从她的动作和肿起的脸上看出来她又跟雪利酒干上了。她使劲拉开抽屉，开始布置餐桌。

"模样！"她用狂怒的嗓音说道，"你就这样和我说话。别以为我会忘记。我记得你跟我说过的每个肮脏谎言。想都别想我会忘记。"

"艾米莉，"他恳求道，"孩子——"

"孩子——一点不错！不要以为我没看出你的阴谋诡计。在这儿唆使我的孩子和我作对。不要以为我没有看出来。"

"艾米莉！我求你了——上楼去吧。"

"这样你就可以教唆我的孩子——我亲生的孩子——"两大颗泪珠顺着她的脸庞快速滚落下来，"想要唆使我的小男孩，我的安迪，和他的亲生母亲作对。"

带着酒后的冲动，艾米莉在受到惊吓的男孩面前跪下，她双手搭在男孩的肩膀上保持着平衡。"听我说，我的安迪——你不会信你爸爸说给你听的谎话吧？你不会相信他说的吧？听我说，安迪，我下楼前你爸爸都跟你说了什么？”男孩不确定地看着他父亲的脸。“告诉我。妈妈想要知道。”

“说了牙齿树。”

“什么？”

男孩把上面的话重复了一遍，她带着难以置信的恐怖重复道：“牙齿树！”她摇晃了一下，再次抓住男孩的肩膀，“我不知道你说的是什么。但听好了，安迪，妈妈什么事都没有，你看妈妈有事吗？”眼泪顺着她的脸庞往下流，安迪往后缩着，他吓着了。艾米莉抓住桌边站了起来。

“看！你已经让我的孩子害怕我了。”

玛丽安娜大哭起来，马丁把她抱了起来。

“好吧，你可以带上你的孩子。你从一开始就偏心眼。我不在乎，但至少你要把我的小男孩留给我。”

安迪一点一点地挨近父亲，碰了碰他的腿。“爹地。”他哭着喊道。

马丁把孩子们带到楼梯口。“安迪，你带玛丽安娜上楼，爹地一会儿就来找你们。”

“那妈妈呢？”男孩轻声问道。

“妈妈没事的。别担心。”

艾米莉坐在桌旁哭泣，她把脸埋在臂弯里。马丁盛了一小碗汤放在她前面。她刺耳的哭泣声让他身心疲惫；她激烈的情绪，不管是出于何种原因，倒是触动了他心里的一丝柔情。他不是很情愿地把手放在她的黑发上：“坐起来，喝点汤吧。”她抬起头看他时，脸上带着悔恨和恳求的表情。男孩的退缩或者是马丁的抚摸让她的情绪起了变化。

“马——马丁，”她抽泣道，“我好丢脸啊。”

“喝汤吧。”

她听从了他的话，一边喘息一边喝着汤。喝完第二碗汤后，她由着他搀扶着自己，上楼去了他们的房间。现在她温顺多了，也更加克制了。他把她的睡袍摆在床上，正打算离开，一轮新的悲伤和酒精引发的心烦意乱又爆发了。

“他转过身子。我的安迪看着我，然后转过身子。”

不耐烦和疲劳让他的嗓音硬了起来，不过他还是很小心地说道：“你忘了安迪还是个小孩子，他还理解不了这样的吵闹。”

“我大吵大闹了？哦，马丁，我在孩子面前大吵大闹了？”

她惊恐的表情感动了他，他被逗乐了，这有点违背他的意愿。“别往心里去。换上睡衣上床睡觉吧。”

“我的孩子从我身边走开。安迪看着他的妈妈，然后转过身子。”

艾米莉陷入酒精中毒者周期性的悔恨中。离开房间前马丁对她说：“看在老天的份上上床睡觉吧。孩子们明天一早就会忘记这件事的。”

他说这句话时连自己都不太相信。那场吵闹会很容易地从记忆里消失，还是会在孩子们的潜意识里生根，在将来引起他们的创痛？马丁不知道，而后一种可能则让他担心。他想着艾米莉，预见到她宿醉后的羞辱：记忆的碎片，从忘却的羞辱的黑暗中浮现出的清晰印象。她会给他纽约办公室打上两次——有可能三到四次电话。马丁预见到自己的尴尬处境，怀疑办公室的同事会起疑心。他觉得他的秘书很早就猜到了他的麻烦。有那么一刻他想抗拒自己的命运；他恨他的妻子。

走进孩子们的房间后，他随手关上了门，今晚他第一次有了安全感。玛丽安娜跌倒在地板上，自己爬起来，喊道："爹地，看我。"又跌倒，继续着这套"跌倒—爬起来"的游戏。安迪坐在儿童椅上，还在晃动那颗牙。马丁给澡盆放上水，在脸盆里洗干净自己的手，把男孩叫进浴室。

"我们再来看看那颗牙。"马丁坐在马桶上，用膝盖夹住安迪。男孩张大了嘴，马丁抓住了那颗牙。摇晃了一下，迅速地一扭，那颗光亮的乳牙就拔下来了。安迪的脸上第一次同时出现了恐惧、惊讶和喜悦的表情。他喝了一大口水，漱漱口，吐在洗脸盆里。"看，爹地！血。玛莉安娜！"

马丁喜欢给孩子们洗澡，尤其喜欢看着他们光溜溜地站在水里，那么的柔嫩，简直无法用语言来形容。艾米莉说他偏心有点不公平。马丁在给儿子精致的小男孩身体抹肥皂的时候，他觉得自己的爱已到了无可复加的程度。不过他承认自己对两个孩子的感情在质上是有差别的。他对小女儿的爱要更庄严沉重一点，带着一丝忧郁，一种近乎疼痛的温柔。他给小男孩起了各种爱称，这些无厘头的名字来自他每天的灵感。而他总是叫小女孩玛丽安娜，叫的时候嗓音充满爱抚。马丁揩干小女儿胖鼓鼓的婴儿肚皮和裆下。孩子洗干净的脸像花朵一样容光焕发，也一样可爱。

"我要去把牙齿放在我的枕头下面。我应该得到一个两毛五的硬币。”

“干嘛？”

“你知道的，爹地。强尼的那颗牙就得了两毛五。”

“谁把硬币放在那里的？”马丁问道，“我原来以为是牙仙在晚上留下的。不过我小的时候只有一毛。”

“幼儿园里的人都这么说。”

“那到底是谁放的呢？”

“你们家长，”安迪说，“你！”

马丁在给玛丽安娜掖被子。女儿已经睡着了。几乎听不到她的呼吸声。马丁弯腰亲吻了一下她的额头，又吻了吻那只举在头边、手心向上的小手。

“晚安，安迪男子汉。”

回答他的只是几声昏昏欲睡的咕哝。过了一会儿，马丁取出零钱，把一个两毛五的硬币塞到枕头下面。他给房间留了一盏过夜的灯。

马丁在厨房里忙着做推迟了的晚餐，这时，他突然意识到刚才孩子们一次也没有提到他们的母亲，或那场他们肯定还理解不了的争吵。他们的注意力完全集中在那一刻的事物上——牙齿、洗澡、硬币。流逝的童年时光把这些微不足道的插曲像浅滩激流中的落叶一样带走了，而成人的谜团则搁浅在了河滩上。马丁为此感谢上苍。

但是他自己被压抑而蛰伏的怒火又燃烧起来了。他的青春被一个废物一样的醉鬼活活糟蹋了，他的男子汉气概也在不知不觉中受到了伤害。还有这些孩子，一旦过了懵懂无知的年龄，一两年后他们又会怎样呢？他把胳膊肘支在桌子上，大口大口地吃着，一点也吃不出食物的滋味。事情的真相是藏不住的。很快办公室和小镇上就会谣言四起：他的妻子是一个自甘堕落的女人。自甘堕落。而他和孩子们则注定了要有一个潦倒和逐步走向毁灭的未来。

马丁把椅子从桌前推开，大步走进客厅。他拿起一本书，眼睛顺着一行行的字往下滑，脑子里却塞满了各种凄惨的影像：他看见他的孩子淹死在河里，他的妻子在大街上当众出丑。到他该去睡觉的时候，沉闷而坚硬的愤恨像一块重物压在他的胸口，他拖着沉重的脚步爬上楼去。

除了从门半开着的浴室漏出的一束光，卧室里一片漆黑。马丁一声不响地脱掉衣服。一点一点地，他的情绪发生了不可思议的变化。他妻子睡着了，房间里轻轻响着她平静的呼吸声。她的高跟鞋和随手扔在地上的长袜在向他无声地恳求。她的内衣胡乱地搭在椅子上。马丁捡起腰带和柔软的真丝胸罩，拿在手里默默地站了一会儿。那天晚上他第一次注视自己的妻子。他的眼睛落在她可爱的额头上，看着她弯弯的柳叶眉。她的眉毛传给了玛丽安娜，还有精致上翘的鼻尖。而从儿子脸上他可以看到她的高颧骨和翘下巴。她胸部丰满，身材修长，凹凸有致。看着安详熟睡的妻子，马丁积累了很久的怨气消失了。所有的责怪和缺点都离他远去了。马丁关掉浴室的灯，拉起窗户。他借着月光最后看了妻子一眼。他伸手触摸她那贴近他的肉体，在他极为复杂的情爱里，哀伤和欲望交织在一起。

一棵树·一块石·一片云

那天早晨在下雨，天还很黑。男孩走到电车厢改建的咖啡馆时，他已几乎完成了自己的投报线路，他想进去喝一杯咖啡。这是一家通宵咖啡馆，店主是一个名叫里奥的刻薄小气的男人。从阴冷空旷的街上走进来，咖啡馆里就显得亲切而明亮：柜台前坐着两个士兵，三个棉纺厂的纺线工，角落里还坐着一个男人，他驼着背，鼻子和半张脸埋在一只喝啤酒的马克杯上。男孩戴着一顶像飞行员戴的那种头盔。进到咖啡馆后他解开扣在下巴处的皮带，翻起右边盖住他粉色小耳朵的护耳罩；平时，在他喝咖啡的时候，常有人友好地和他说上几句话。但今天早晨里奥没有朝他这边看，也没有人说话。他付了钱，正准备离开，有个声音喊住了他：

"小子！嗨，小子！"

他转过身，角落里的那个男人朝他勾了勾指头，又点了点头。他已经把脸从啤酒杯上抬起来，似乎突然变得开心了。男人的个子很高，他脸色灰白，有个大鼻子和一头褪了色的橘黄色头发。

“嗨，小子！”

男孩朝他走去。他今年十二岁，身材偏小，因为装报纸挎包的重量，他的一只肩膀抬得比另一只高点。他的脸平平的，长着雀斑，眼睛是那种小孩子的圆眼睛。

“先生，有什么吩咐？”

男人把一只手放在报童的肩膀上，然后抓住他的下巴，把他的脸慢慢地从一边转到另一边。男孩不自在地退缩回去。

“嗨，你这是干什么？”

男孩的嗓音有点刺耳，咖啡馆里一下子变得鸦雀无声了。

男人缓慢地说道：“我爱你。”

柜台边上的男人全都大笑起来。男孩面露不悦，他侧身躲开，不知道该干什么。他朝柜台另一边的里奥看去，里奥正带着厌烦且冷漠的表情嘲弄地看着他。男孩也想笑一下。不过那个男人一副很认真的样子，像是很伤心。

“我没想和你开玩笑，小子，”他说，“坐下，陪我喝杯啤酒。有件事我必须跟你说清楚。”

小心翼翼地，报童透过眼角询问柜台旁坐着的男人他该怎么办，可是他们的注意力已经回到自己的啤酒或早餐上了，没有人注意他。里奥把一杯咖啡和一小罐奶油放到柜台上。

“他还未成年。”里奥说。

报童攀着坐上高脚凳。他翻起的护耳罩下方的耳朵又小又红。那个男人朝他严肃地点了点头。“这件事很重要。”他说。随后，他伸手从裤子屁股口袋里掏出一样东西，托在手掌里让男孩看。

“看仔细了。”他说。

男孩睁大眼睛，可是没什么值得仔细看的。男人又大又脏的手掌里托着一张照片。照片上是一个女人的脸，不过很模糊，只能看清楚她戴的帽子和身上的裙子。

“看到了吗？”男人问道。

男孩点点头，男人又往手掌里放了一张照片。那个女人站在沙滩上，穿着游泳衣。游泳衣让她的肚子显得特别大，那是照片上最引人注目的东西。

“看清楚了吗？”男人身体往前倾，靠近了一点，最终问道，“你以前见过她吗？”

男孩一动不动地坐着，从侧面看着男人。“不记得见过。”

“很好！”男人吹了吹照片，然后把它们放回口袋。“她是我老婆。”

“死了？”男孩问。

男人缓缓地摇了摇头。他噘起嘴唇，像是要吹口哨，用拖长的声音回答道：“没——有——”他说，“我会解释的。”

男人面前的柜台上放着一只棕色的大马克杯。他没有把杯子端起来喝啤酒，而是低下头，把脸伏在杯口上。他就那样休息了一会儿，然后双手把杯子倾斜过来，呷上一口。

“早晚你会把大鼻子泡在酒杯里睡着淹死的。”里奥说，“著名流浪汉淹死在啤酒里。那倒会是个绝妙的死法。”

报童试图向里奥求救。趁那个男人没在看他，他朝里奥又挤眉又眨眼，用嘴唇无声地询问：“喝醉了？”但里奥只是抬了抬眉毛，转身往烧烤架上丢了几根培根。男人推开啤酒杯，坐直了腰板，拢起松松垮垮有点扭曲的双手，放在柜台上。他看着报童，一脸的悲伤。他没有眨眼，但时不时地，眼皮会因微小的重力垂落下来，盖住他绿色的眼睛。天快亮了，男孩换了一个肩膀背包。

“我说的是爱情，”男人说，“对我来说那是一门科学。”

男孩从高凳子上刚往下滑到一半，男人伸出食指制止住他，这个男人身上的某个东西吸引住了男孩，让他脱不了身。

“十二年前我娶了这张照片上的女人。她做了我一年零九个月外加三天两夜的妻子。我爱她。是的………”他收拢起模糊发散的嗓音，说，“我爱她。我觉得她也爱我。我是一个铁路工程师。但凡家庭应有的舒适和奢华她都享受到了。我从来没想到她会不满足。不过你知道出了什么事吗？”

“又来了！”里奥说。

男人的眼睛没离开男孩的脸。“她离开了我。一天晚上我回到家里，家里空空荡荡，她走了，离开了我。”

“和一个男人？”男孩问道。

男人把手掌朝下轻轻地放在柜台上。“还用问吗，小子。女人不会独自离家出走的。”

咖啡馆里很安静，外面街道上，蒙蒙细雨在黑暗中没完没了地下着。里奥用长叉子的尖压住培根。“这么说你追寻这个婊子有十一个年头了。你这个醉醺醺的老无赖。”

男人第一次瞟了里奥一眼。“请别那么粗俗。另外，我也没在和你说话。”他转向男孩，用信任且很秘密的声音低声对他说：

“我们别理他，好不好？”

报童含糊地点了点头。

“是这样的，”男人继续说道，“我是一个多愁善感的人。我的一生中总被一样接一样的东西所打动。月光啦、漂亮姑娘的美腿啦。一样接着一样。但问题是不管我多么享受，之后总会有一种奇特的感觉，那种感觉仿佛很松散地留在了我的体内。似乎没有一件事情可以善终，或是能和其他的东西融洽相处的。女人？我没缺少过。也一样。之后这种感觉松松垮垮地留在了我的体内。我这个人从来没去爱过什么。”

他非常缓慢地合上眼皮，动作有点像话剧结束后的落幕。再次开口说话时，他激动起来，语速飞快，松松垮垮的大耳垂似乎都在抖动。

“后来我遇见了这个女人。当时我五十一岁，她总说自己三十岁。我是在一个加油站遇见她的，我俩三天之内就结婚了。你知道那是一种什么样的感觉吗？我说不清楚。我曾经感受到的所有东西都集中到这个女人的身上了。体内再也没有松散的东西了，全部被她收拾妥当了。”

男人突然停了下来，捏了捏他的长鼻子。他的声音下沉到一种稳定而带着责备的低语：“我解释得不对。是这么回事。我体内存在这些美妙的情感和一些松散的小快乐。而这个女人就像是我灵魂的装配线。我的这些零部件通过她后，出来一个完整的我。你听懂了吗？”

“她叫什么名字？”男孩问道。

“哦，”他说，“我叫她朵朵。不过这无关紧要。”

“你有没有想办法把她找回来？”

男人似乎没在听。“在这样的情况下，你可以想象她离开我后我的感受。”

里奥把培根从烤架上取下来，折起两根夹进一个小面包。他有一张苍白的脸，眼睛眯缝着，高鼻子两旁各有一块暗蓝色的阴影。一个工人示意加点咖啡，里奥给他倒上。他不提供免费续杯。这位纺线工每天来这儿吃早饭，可是里奥对他熟悉的顾客更加苛刻。他小口吃着面包，像是在把怨气往自己肚子里咽似的。

“你再也没有见到过她？”

男孩不知道该怎样看这个男人，他孩子气的脸上有一副不确定的神情，还混杂了好奇和疑惑。他刚开始走这条送报路线，还不太习惯在漆黑古怪的早晨出来送报。

“是的，”男人说，“我采取了一系列的步骤想把她找回来。我四处寻找。我去了塔尔萨她父母家。也去了莫比尔。我去了每一个她曾经提到过的城镇，找到了每一个过去和她有过关系的男人。塔尔萨、亚特兰大、芝加哥、奇霍、孟菲斯………为了找到她，这两年里我走遍了全国各地。”

“可是这一对鸳鸯就这么从地球表面上消失了。”里奥说。

“别听他的。”男人用信任的口吻对男孩说，“也别再去想这两年了。它们并不重要。重要的是到了第三年，我身上发生了一件很奇怪的事情。”

“什么事？”男孩问道。

男人低下头，把马克杯倾斜过来呷了一口啤酒。不过他把头抵到杯子上时，他的鼻孔在轻轻地翕动；他闻了闻放久了的啤酒，没有喝。“首先我要说，爱情是一件奇怪的事情。刚开始我只想着把她找回来。那是一种狂热。不过随着时间的推移，我试图回忆她。但是你知道发生了什么？”

“不知道。”男孩说。

“当我躺在床上试图回想她时，我的脑子里一片空白。我看不见她。我会拿出她的照片看。没有用。不起作用。一片空白。你想象得出来吗？”

“哎马克！”里奥朝柜台的一头大喊，“你能想象这个酒鬼的脑子里面一片空白吗？”

缓缓地，像是在赶苍蝇，男人挥了挥手。他眯起绿眼睛，盯住报童扁平的小脸。

“但是人行道上突如其来的一块玻璃，或是一个五分硬币开启的音乐盒子，夜晚墙上的一个阴影，就会让我想起什么。有可能就发生在大街上，我会放声大哭，用头去撞电灯杆。你听懂了吗？”

“一块玻璃………”男孩说。

“随便什么东西。我会四处游荡，我无法控制怎样和什么时候想起她。你以为你可以竖起一道盾牌，可是回忆并不从正面朝你走来，而是从侧面绕过来。我受到自己听见的看到的每一样东西的摆布。突然之间不是我东奔西跑地寻找她，而是她在追寻我，就在我灵魂的深处。她在追寻我，听好了！就在我灵魂的深处。”

男孩最终问道：“当时你在哪儿？”

“哦，”男人咕哝道，“我已经病入膏肓了，就像得了天花。我承认，我喝得烂醉，我跟人私通。我会去犯任何对我来说有吸引力的罪行。我并不想坦白，但我会这么做。当我回忆这一段经历，所有这些事情都凝结在我的脑子里。太可怕了。”

男人低下头，用额头轻轻磕着柜台。有那么几秒钟他低着头，保持着这个姿势，青筋外露的脖子被橘黄色的头发盖住了，手指长而弯曲的双手合在一起，像是在祈祷。随后他挺直了腰板，他在微笑，他的脸突然明亮起来了，有点颤抖，也苍老了一点。

“事情发生在第五年，”他说，“而我的研究就是从那个时候开始的。”

里奥抽动嘴角，露出一个淡淡的转瞬即逝的冷笑。“算了吧，我看我们这帮老家伙谁都不会再年轻了。”他说。随后，里奥突然愤怒起来，把手里的抹布揉成一团，狠狠地摔在地上。“你这个邋里邋遢的老罗密欧！”

“发生了什么？”男孩问。

老人的声音高昂，也很清晰：“安宁。”

“哦？”

“这件事很难用科学来解释，小子，”他说，“我想比较合理的解释是我和她相互逃避了这么久，最终纠缠在了一起，就躺倒不再挣扎了。安宁。一种奇怪而又美妙的空白。那是在春天的波特兰，每天下午都在下雨。我一整晚都黑着灯躺在床上。而这门科学就是那样降临到我身上的。”

电车窗户在晨光里泛出淡蓝色。两个士兵付完啤酒钱后推开门。出门前，其中的一个梳理了一下头发，又擦了擦粘着泥的绑腿。三个工人低头安静地吃着早饭。里奥墙上的钟“滴答滴答”地走着。

“是这样的。听仔细了。我苦思冥想爱情这玩意，终于找到了原因。我明白了我们的问题出在哪里。男人第一次坠入爱河时，他们爱上的是什么？”

男孩柔软的嘴微微张着，他没有回答。

“女人。”老人说，“不做研究，没有任何依据，他们就开始了这个世界上最最危险和最最可怕的体验。他们爱上了一个女人。是不是这样，小子？”

“是。”男孩虚弱地说道。

“他们从错误的一头开始爱情。他们从最高潮的地方开始。你能想象那有多么可悲吗？你知道男人应该怎样去爱吗？”

老人伸手抓住男孩皮夹克的领口。他轻轻地摇了摇男孩，绿色的眼睛一眨不眨地盯着男孩，眼神庄重。

“你知道应该怎样开始爱情吗？”

男孩缩着身体坐在那里，听着，一动不动。他慢慢地摇了摇头。老人靠近他，轻声说道：

“一棵树。一块石头。一片云。”

外面街道上还在下雨，是那种没完没了的蒙蒙细雨。工厂里响起了六点班的上工哨。三个纺线工付完账走了。咖啡馆里除了里奥、老人和小报童外，再没有别人了。

“波特兰的天气就像这样，”他说，“在我开始我的研究时。我沉思默想，开始得很谨慎。我会从大街上找一样东西带回家。我买了一条金鱼，我把注意力集中在这条金鱼上，我爱上了它。完成一样后我开始另一样。日复一日，我渐渐掌握了这门科学。在从波特兰去圣地亚哥的路上——”

“哦，快别说了！”里奥突然尖叫起来，“别说了！别说了！”

老人仍然抓住男孩的衣领；他在颤抖，脸上的表情诚挚、愉快，还有点疯狂。“过去的六年里我一个人四处游荡，逐步建立起我的科学体系。现在我已经是大师了，小子，我可以爱上任何东西。甚至不再需要事先想一下。我看着一条挤满人的街道，一道美妙的光线进入我心里。我观察天空中的飞鸟，或者路上遇见的一个行人。所有的东西，孩子。随便什么人。所有的陌生人都为我所爱！你知道像我这样的科学意味着什么吗？”

男孩僵直地站着，两只手紧紧抓住柜台边。最终他问道：“你真的找到那位女士了吗？”

“什么？你说什么，小子？”

“我是说，”男孩胆怯地问道，“你有没有再爱上一个女人？”

老人松开男孩的领口。他转过身，他的绿眼睛第一次出现了模糊散落的眼神。他拿起柜台上的马克杯，喝下黄色的啤酒。他慢慢地摇了摇头。他最后回答道：“没有，小子。要知道那是我的科学里最后的一个步骤。我谨慎从事。而且我还没有完全准备好呢。”

“太妙了！”里奥说，“妙！妙！妙！”

老人站在开着的门口。“记住了。”他说。在清晨灰色潮湿的光线的衬托下，他看上去干瘪、疲惫和虚弱，但他的笑容却很灿烂。“记住我是爱你的。”说完他最后点了一下头。门轻轻地在他身后关上了。

男孩很久都没说话。他把额头前面的头发抹下来，脏兮兮的细食指在空杯子的杯口转着圈。最终，他没有看着里奥，开口问道：

“他喝醉了？”

“没有。”里奥简短地回答道。

男孩清澈的嗓音升高了：“那么他是个瘾君子？”

“不是。”

男孩抬头看着里奥，扁平的小脸透着绝望，他的嗓音急迫刺耳。“他疯了吗？你觉得他得了精神病吗？”报童的嗓音突然降低了，充满了疑惑，“里奥？到底是还是不是？”

但里奥无意回答他。里奥经营咖啡馆已有十四个年头了，他自认是一个判断疯狂的专家。这里除了小镇上的怪物，也有溜进来过夜的流浪汉。没有他不知道的疯狂事。但是他不想满足这个等着他答案的男孩。他板起苍白的面孔，默不作声。

男孩只好拉下头盔的右耳罩，在他转身离开时只说了一句对他来说很安全的话，唯一一个不会被人嘲笑和看不起的评论：

“他肯定去过不少地方。”

译后记

一九一七年出生在美国佐治亚州哥伦布的卡森·麦卡勒斯是上世纪美国最重要的作家之一。才华横溢、极富创造力的麦卡勒斯年少成名，十九岁就在著名的《小说》杂志上发表了第一篇短篇小说《神童》，二十三岁发表的长篇小说《心是孤独的猎手》轰动一时，并成为文学经典。麦卡勒斯在三十岁之前就已写出她此生所有重量级作品。她的创作体裁多样，包括中长篇和短篇小说，剧本、诗歌和随笔等等。英国当代著名作家普里彻特称麦卡勒斯为“当代最优秀的美国小说家”；当代美国批评家沃尔特·阿伦称她为“仅次于福克纳的南方最出色作家”；而英国著名作家和评论家格雷厄姆·格林则认为麦卡勒斯和福克纳是自 D. H. 劳伦斯之后两位最具原始诗意深情的作家。格林认为麦卡勒斯的写作比福克纳更为清晰，而且与劳伦斯不同，她的写作不携带任何教诲。作家苏童在谈到他对麦卡勒斯的偏爱时说：“我读到《伤心咖啡馆之歌》之时正值高中，那是文学少年最初的营养，滋润了我那个时代的阅读，可以说是我的文学启蒙。”苏童还认为：“自海明威、福克纳之后，美国作家阵营没有再出现过高过这两人成就的，反而，以典型个人风格为新的阵线，麦卡勒斯归属其中。”

出生在南方小镇的麦卡勒斯从小就表现出与众不同的自信。她十岁开始学习钢琴，立志成为一名钢琴演奏家，是别人眼中的音乐神童。由于十三岁时的一场风湿病，她中断了学习。疗养期间她意识到自己不具备钢琴演奏家所需的充沛体力，开始怀疑自己是否真正具有音乐天赋。十五岁时父亲送给她一部打字机，从此她开始尝试写作，模仿剧作家尤金·奥尼尔的风格写剧本。麦卡勒斯十七岁离开哥伦布老家，只身北上，到她心目中的文学艺术之都纽约，一边打工一边在茱莉亚学院学习音乐，同时还在哥伦比亚大学的夜校学习写作。最后她决定放弃音乐，专注于写作，先后师从惠特·伯内特、多萝西·斯卡伯勒和海伦·萝丝·赫尔学习写作技巧，还去纽约大学参加西尔维娅·查特菲尔德·贝茨的创意写作班。

纵观麦卡勒斯的写作，孤独是她最为关注的主题。她的第一部长篇小说《心是孤独的猎手》通过两个聋哑男子的同性之爱呈现人内心的孤独。麦卡勒斯认为孤独是绝对的，最深切的爱也无法改变人类最终极的孤独。而被拒绝和得不到回报的爱则是她关注的另外两个主题，这也是她自己爱情生活的写照：不断地追求，不断地被拒绝。这两个主题在《伤心咖啡馆之歌》里都得到了充分的展现。对麦卡勒斯来说，不管是同性还是异性之间，精神上的爱远优越于肉欲之爱。

麦卡勒斯内心敏感，感情丰富外露，想象力极为丰富。生活在幻想世界里的麦卡勒斯对生活充满激情，构成了她错综复杂的个人感情生活。与丈夫利夫斯·麦卡勒斯的爱恨情仇；她疯狂单恋瑞士女游记作家、摄影师和旅行家安妮玛瑞·施瓦岑巴赫；麦卡勒斯夫妇与年轻作曲家和小提琴家大卫·戴蒙特之间的三角恋等等。所有这些感情上的纠葛都成为激发她创作的源泉。在她的一生里，生活和写作相互映照，难分彼此。小说《伤心咖啡馆之歌》里，麦卡勒斯借助主人公悲惨的命运暗示：任何形式的三角恋，尤其涉及到同性恋爱，其结果都会以失败告终，爱会把付出爱的一方推向孤独的深渊。而麦卡勒斯夫妇与戴蒙特之间的三角恋情正是发生在麦卡勒斯写作这部小说的过程中，印证了麦卡勒斯曾经说过的一句话："在我的小说中发生的每一件重要的事情，都发生在了我的身上——或者终究将会发生。"麦卡勒斯把这部小说的手稿送给了大卫·戴蒙特。

研究麦卡勒斯的学者弗吉尼亚·斯潘塞·卡尔和很多评论家都认为，综合各种因素，《伤心咖啡馆之歌》是麦卡勒斯最好的一部作品。麦卡勒斯自己声称这篇小说的灵感源自她在纽约布鲁克林高地一家酒吧见到的一个驼子。小说采用民谣叙事手法，叙事者时而采用陈旧的措词，时而简明扼要，优雅从容地讲述着一个传奇故事。小说以音乐般的开篇向读者描述一个荒凉、被遗弃的小镇，从一扇窗口露出的一张苍白而性别不明的脸。然后话锋一转，读者被带到了小镇的过去，小说的主角阿梅莉亚小姐，一个长着斗鸡眼，身高逾六英尺的女子登场了。而另一主角利蒙表哥，一个身高不足四英尺的驼子也以一种奇特的方式登场。这是一个夸张、戏剧性很强的故事，主要人物性格怪异矛盾，每个人都存在生理或心理上的缺陷。阿梅莉亚小姐一方面贪婪好斗，另一方面却免费为乡亲治病。身高不到四英尺的驼子利蒙表哥长相猥琐，却给咖啡馆带来了一派生机。阿梅莉亚小姐的前夫马尔文·梅西相貌英俊，但性格残忍。作为配角的村民则是一群胆小冷漠、爱看热闹的人。

麦卡勒斯借助阿梅莉亚小姐、利蒙表哥和马尔文之间的爱恨情仇阐述了自己的爱情观："如果一个人非常崇拜你，你会鄙视他，不在乎他——你乐意去崇拜的人恰恰是不注意你的人。"小说中有一段对爱情本质的探讨，体现了麦卡勒斯对爱情的一贯认知："世界上存在着施爱和被爱这两种人，这是两种截然不同的人。通常，被爱的一方只是个触发剂，是对所有储存着的、长久以来安静蛰伏在施爱人体内的爱情的触发。……最稀奇古怪的人也可以成为爱情的触发剂。一个老态龙钟的曾祖父，仍会爱着二十年前某天下午他在奇霍街上见到的陌生姑娘。牧师会爱上堕落的女人。被爱的或许是个奸诈油滑之徒，沾染了各种恶习。……爱情的价值与质量仅仅取决于施爱者本身。"麦卡勒斯正是通过阿梅莉亚小姐、利蒙表哥和马尔文三人之间的追逐和被追逐关系展现她的这一观点。麦卡勒斯在小说中对被拒绝和得不到回报的爱做了进一步的阐述："正因为如此，我们大多数人更愿意去爱别人而不是被人爱。几乎所有人都想做施爱的人。道理很简单，人们只在心里有所感知，很多人都无法忍受自己处于被人爱的状态。被爱的人害怕和憎恨付出爱的人，理由很充分。因为施爱的一方永远想要把他所爱的人剥得精光。”而身强力壮的阿梅莉亚小姐和身高不足四英尺的驼子利蒙表哥之间的爱情则说明：精神之恋远比肉欲之爱重要。这篇民谣形式的小说在场景转换、人物白描、气氛烘托、象征性隐喻、关于爱情的毫无理由的神奇与残酷，以及心灵对之匍匐的不可理喻等方面展现了麦卡勒斯大师级的水准。苏童在讲述自己读这部小说的感受时曾说过：“我不禁要说，什么叫人物，什么叫氛围，什么叫底蕴和内涵，去读一读《伤心咖啡馆之歌》就明白了。”这部小说先后被改编成话剧和电影，改编的话剧在百老汇连续演出了一百二十三场。

短篇小说《神童》再现了麦卡勒斯音乐梦想的失败。十五岁的弗朗西丝被她的老师认作音乐神童，处于青春期的她一方面要承受长时间练琴的痛苦，还要承受她老师借助她来实现自己音乐抱负的压力，以及意识到自己或许不再是一个音乐神童后的幻灭。这部带有自传因素的小说也说明了麦卡勒斯放弃成为钢琴演奏家的原因。

在《一棵树·一块石·一片云》这篇小说里，一个老酒鬼向一个十来岁的小报童宣讲他的“爱情科学”。这个科学是在他妻子离家出走，他走遍天涯海角找寻她未果后获得的。其核心是爱情要从爱上一件实物开始，比如一棵树，一块石或一片云，而爱一个女人则是这门科学的最后一个步骤。这是一篇结构精巧的小说，故事通过老酒鬼、小报童和酒保之间的对话推进。老酒鬼把小报童当作他的“爱情科学”实验的一个对象，而小报童则对老酒鬼的倾诉似懂非懂，经常答所非问。麦卡勒斯用这篇小说阐明了自己对爱情的另一个观点："付出爱的人很容易受到伤害，除非他去爱一个人或一件东西时不企求任何回报。"这篇小说被收录进《一九四二年欧·亨利奖短篇小说集》。

小说集里的其他几个短篇小说也极为精彩。《赛马骑师》讲述了一个小人物的故事。《家庭困境》讨论了酗酒对家庭生活的影响。《旅居者》是麦卡勒斯比较抒情的一篇小说。而《泽伦斯基夫人和芬兰国王》则强调了麦卡勒斯的又一个观点：为了承受现实中的痛苦，幻觉是必不可少的。

审视麦卡勒斯的一生，浓郁的艺术家气质造就了她强烈的唯我主义，她性格孤僻桀骜，在追逐浪漫关系的过程中往往做出极端的行为，伤害对方的同时也伤害到自己。她的这些特质也反映在她的作品中，使得作品拥有强烈的戏剧性，人物特征鲜明、行为古怪，甚至有点荒诞，给读者极强的感官刺激。正因如此，她的主要作品几乎都被改编成话剧、电影或电视节目。通过阅读麦卡勒斯的这些代表作，读者可以窥探到她北上漂泊追求梦想的情感体验，和她怎样最终成为一代文学大师的痛苦而精彩的历程。

小二

2017 年 11 月

小二

本名汤伟，被媒体誉为传奇译者。

毕业于清华大学，获美国弗吉尼亚理工大学博士学位，现任台达能源公司电气工程研发总监。2006 年开始翻译英文文学作品，已出版译作十余部，备受读者好评。喜欢阅读、长跑和桥牌。1995 年获得美国桥牌协会颁发的 Life Master 证书。

译作年表

短篇小说集

2009 年 《雷蒙德·卡佛短篇小说自选集》 雷蒙德·卡佛

2010 年 《当我们谈论爱情时我们在谈论什么》 雷蒙德·卡佛

2012 年 《石泉城》 理查德·福特

《乞力马扎罗的雪》 欧内斯特·海明威

《我打电话的地方》 雷蒙德·卡佛

《毛姆短篇小说精选集》 威廉·萨默塞特·毛姆

2013 年 《请你安静些，好吗？》 雷蒙德·卡佛

2014 年 《夏依洛公园》 博比·安·梅森

长篇小说集

2014 年 《在乡下》 博比·安·梅森

2015 年 《面包匠的狂欢节》 安德鲁·林赛

2017 年 《安德鲁的大脑》 E.L. 多克托罗

《故事的终结》 莉迪亚·戴维斯

访谈集

2012 年 《巴黎评论·作家访谈 I 》

策　划
出　品　大星文化

出 品 人｜吴怀尧　何三坡
邵　飞　周公度

产品经理｜赵如冰
封面设计｜大星文化
内文插图｜Miss Miledy
Ilyicheva Alexandra Yuryevna
美术编辑｜李柳燕
特约印制｜陈　俊